인생의 답은
독서에 있었다

당신의 꿈에 날개를 달아줄 독서 여행

인생의 답은
독서에 있었다

Henrik Kim(헨릭 김) 지음

매일경제신문사

프롤로그

여러분은 세상의 모든 좋은 운을 끌어당기는 사람입니다

나는 지금까지 20년 이상 한 직장에서 직장생활을 이어오고 있는 평범한 직장인이다. 항상 정신없이 바쁘게, 회사라는 조직 속에서 평범하게 살아왔다. 나 자신을 조직 속에 맞춰가며, 늘 회사 업무를 우선시 하곤 했다. 나의 모든 생각과 행동은 회사라는 프레임에 맞춰져 있었다. 매일 당장 눈앞에 보이는 급한 일을 우선으로 처리하며 시간을 보냈다.

그러다 어느 날 문득, 나에게 공허함이 찾아왔다. '나는 누구이며 무엇을 하고 있는가?' 당시 나는 사는 대로 생각하고 있었던 나 자신을 발견했다. '사람은 사는 대로 생각하는 것이 아니라, 생각하는 대로 살아야 한다'라는 말이 있다. 정말 맞는 말이다. 흘러가는 시간 속에 자신의 삶을 그냥 내버려두는 것이 아니라 자신이 진정으로 원하는 삶이 무엇인지 고민하고 그 방향과 일치되도록 해야 한다.

지금 자신의 삶이 힘들다고 생각한다면 독서를 하며 스스로 자신을 되돌아볼 필요가 있다. 독서는 자신의 내면의식을 성장시켜주고, 마음의 여유 공간을 만들어준다. 독서를 통해 자신의 내면의식을 현재 겪고 있는 삶의 고민이나 어려움보다 더 크게 성장시킨다면, 그것은 고민이나 어려움이 아니라 자신의 성장과 성공을 위한 작은 과정의 일부분이 될 것이다.

당장 자신의 삶을 진지하게 되돌아보라고 하면, '그럴 시간이 없다'라고 하거나 '난 그런 거 필요 없다'라고 생각할 수도 있다. 지금 당장은 별다른 문제가 없을지라도 시간이 지나고 나면 누구나 이런 고민을 하는 시간이 찾아온다.

나는 평범하고 바쁜 사람일수록 독서를 해볼 것을 추천한다. 우리 자신들은 누구나 무한한 가능성을 가진 특별한 존재임을 잊은 채로 살아가고 있다. 우리 스스로가 '나는 전혀 특별한 것이 없는 평범한 사람'이라고 정의하며, 그런 생각 속에 자신의 한계를 만들어버린다. 나 또한 이런 생각을 깨고 나오기까지 오랜 시간이 걸렸다. 스스로 규정한 '한계 있음'이라는 생각에서 빠져나올 수 있는 가장 좋은 방법은 역시 '독서'라고 단언한다.

독서는 자신의 꿈과 희망, 그리고 가능성을 발견하는 과정이다. 독서를 해야 생각이라는 것을 하게 되고, 생각을 해야 행동하며, 행동을 해야 자신의 삶에 변화가 일어난다. 바쁘다는 핑계로 자신이 누구인지, 어떤 삶을 살고 싶은지, 삶의 의미가 무엇인지를 외면하면 앞으로 다가올 작은 변화나 다른 사람들의 말 한마디, 미풍에도 쉽게 흔들리는 자신을 발견하게 된다.

나는 내가 고민하던 '나는 누구이며, 무엇을 하고 있는가?'라는 답을 찾기 위해 늦은 나이에 독서를 시작했다. 독서를 하며 내가 찾던 답을 발견하게 되었다. 나는 본격적으로 독서를 하면서 자연스럽게 새벽 독서를 하게 되었다. 책 읽는 시간을 더 많이 확보하고 싶어서 시작한 것이 습관이 되었다. 그리고 지금까지 꾸준히 실천해오고 있다. 출근 전, 새벽 독서를 하고 나면 왠지 기분이 좋아진다. 새벽 독서는 쉽게 책에 몰입할 수 있게 해주고, 책에서 감동이나 깨달음을 주는 문장은 하루를 희망으로 가득 채워준다. 독서는 기존에 자신이 가지고 있던 생각의 틀을 깨고 그 너머에 있는 또 다른 세계를 발견하게 해준다. 이것이 진정한 독서의 매력이 아닌가 생각한다. 우리의 경험과 생각에는 한계가 있을 수밖에 없다. 정말 고맙게도 독서는 우리가 직접 경험하지 않으면 알지 못하는 것들을 거의 무한대에 가깝게 제공해준다. 즉, 저자의 다양한 경험과 생각, 깨달음, 현상이나 원리를 가장 가성비 높은 방법으로 얻을 수 있다.

나는 오랫동안 자존감이 낮은 채로 살아왔다. 항상 마음 한편에는 스스로 자신이 잘난 것이 없고 부족하다는 열등감을 안고 살아왔다. 어려서 부끄럼도 많았고, 늘 자신감이 부족했다. 이런 감정은 어떤 일에 몰입하고 있을 때는 잊어버리고 있다가 불쑥 나를 괴롭히곤 했다. 나는 그냥 남들 앞에 나서기보다 평범하게 살아도 괜찮다고 생각했던 적도 있다. 그러나 자신의 감정이나 진정으로 하고 싶은 일은 무시한다고 해서 쉽게 포기할 수 있는 것이 아니다. 자존감이 낮은 이유는 자신의 주관이 쉽게 흔들리거나, 주위의 다른 사람들로부터 항상 비난이나 부정적인 말을 듣고 그것에 계속 노출되기 때문이다. 혹시 이 글을 읽는 여러분들 중 자존감이 낮다고 생각하는 사람이 있다면, 자신에게 부정적인 말을 하는 사람들을 의도적으로 멀리하면서 당장 독서를 시작하라고 말해주고 싶다. 이것이 스스로 자기 자신을 사랑하고 행복을 찾을 수 있는 가장 좋은 방법이기 때문이다.

대부분의 사람들은 지금 자신의 삶보다 더 나은 삶을 살기를 원한다. 경제적 자유와 시간적 자유를 다 누리는 인생을 살고 싶어 한다. 하지만 둘 중 하나를 포기하거나, 둘 다 포기하고 살아가는 것이 현실이다. 나는 둘 중 하나라도 부족하다면 행복한 삶이 아니라고 생각한다. 우리는 둘 다를 모두 누릴 수 있는 충분한 자격이 있다. 단지 그것을 깨닫지 못할 뿐이고, 현실에 자신을 맞춰 살아가는 것이 당연하다고 받아들이기 때문이다.

그럼, 어떻게 하면 둘 다를 가진 삶을 살아갈 수 있을까? 그것은 바로 독서를 하며 성공자의 마인드를 자신에게 장착하는 것이다. 성공자들은 대체로 의식 수준이 높은 사람들이다. 책을 읽고 긍정적인 생각을 하고, 자신의 내면의식을 더 크게 성장시키는 것이다. 의식 수준이 높은 사람은 삶을 긍정적으로 바라보며, 보이지 않는 너머의 희망을 볼 줄 아는 사람들이다. 다시 말해,

인생의 답은 독서에 있었다

의식이 낮은 사람은 당장 눈앞에 보이는 것만 믿으려 하지만, 의식수준이 높은 사람은 눈앞에 보이지 않는 꿈과 희망을 보며, 그것을 믿고 앞으로 나아간다. 눈에 보이지 않아도 강력한 믿음이 있기 때문에 자신의 목표를 생생하게 상상할 수 있고, 그것이 이루어진 것과 같이 느낄 수 있는 것이다.

  나는 스스로에게 자문한 답을 찾고자 늦은 나이, 불혹(不惑) 가까운 나이에 본격적으로 책을 읽기 시작했다. 나이를 먹고 불혹에 가까워지면 어떤 유혹에도 흔들리지 않고 자신의 주관을 뚜렷하게 세우는 나이지만 나는 그렇지 못했다. 나는 삶이 힘들다고 생각했을 때 독서를 시작했다. 그리고 행복해지고 싶어서 독서를 시작했다. 독서를 하면서 세상을 바라보는 관점이나 나 자신이 자문했던 것들에 대해 스스로 답을 찾을 수 있었다. 여러분들도 충분히 할 수 있다. 누군가가 했다면 나도 할 수 있다는 생각을 가져야 한다. 인생의 고난과 시련, 역경은 결국 인생의 값진 경력이 되는 것이다. 독서와 책 쓰기를 통해 여러분들의 값진 경력을 누군가에 나눠주는 선한 영향력을 발휘하는 사람이 되기를 진심으로 바란다.

  나는 매일 아침 "나는 세상의 모든 좋은 운을 끌어당기는 사람입니다. 나는 더 크게 잘 됩니다. 감사합니다. 사랑합니다"라는 말을 나 자신에게 주문을 걸듯이 암송한다. 이렇게 하고 나면 정말 기분이 좋아지고, 오늘 하루도 행복한 일들이 일어날 것 같은 기분이 든다. 매일 행복한 감정이 쌓여 행복한 인생이 되는 것이다. 이 책을 읽는 여러분들도 지금 보다 더 나은 삶, 더 멋진 삶, 더 행복한 삶, 더 건강한 삶을 살기를 간절히 바란다. 마지막으로, 마음껏 경제적인 자유와 시간적 자유를 모두 누리는 여러분들이 되기를 진심으로 바란다.

생각해보면 내 주변에는 정말 고마운 분들로 가득하다. 그중 가장 먼저 생각나는 사람은 세상에 둘도 없는 천사 같은 나의 예쁜 아내다. 아이 셋을 키우며 힘든 집안일과 육아를 멋지게 하고 있다. 아이들을 좋아하는 나의 천사 같은 예쁜 아내는 초등학교에서 아이들을 가르치고 있다. 일인다역을 거뜬히 하며, 항상 집안을 화기애애하게 만들어준다. 항상 나를 믿고 끝까지 응원해주는 나의 아내가 너무나 고맙다. 그리고 축구를 좋아하는 독서천재 첫째 준이, 로봇 코딩을 좋아하며 엄마를 많이 도와주는 둘째 준이, 항상 가족들의 사랑을 독차지하는 예쁜 셋째 연이, 세상 누구보다 소중하고 인생의 선물 같은 우리 세 남매에게도 감사를 드린다.

한여름 땡볕에도 수고를 아끼지 않고 평생 자식들을 위해 헌신하신 나의 아버지와 어머니에게 무한한 감사를 드린다. 회사의 여름휴가 때나 시간이 날 때 집에 가서 일손을 도와드리곤 했지만, 나에게는 항상 너무나 힘들었던 기억이 난다. 그렇지만 힘들다는 내색 없이 자식들을 위해 일생을 바치신 두 분께 이 지문을 통해 나의 감사함이 조금이나마 전해지기를 간절히 바란다.

젊은 시절 낯선 부산에서 많은 고생을 하시며 자수성가하신 장인, 장모님께도 깊은 감사를 드린다. 항상 신뢰와 정직을 바탕으로 오랜 세월 꾸려오시며, 자식들에게 본보기가 되어주시고 우리 가족을 든든하게 지원해주신 것에 대해 정말 감사를 드린다.

마지막으로, 이 책을 쓸 수 있도록 책 쓰기의 모든 비법을 아낌없이 전수해주신 대한민국 책 쓰기 일타강사이자, '한국책쓰기강사양성협회' 대표코치인 김태광 대표님과 항상 강력한 동기부여와 할 수 있다는 자신감을 가득 채워주신 한국석세스라이프센터 및 위닝북스의 권동희 대표님께도 깊은 감사를 드린다.

끝으로, 평범한 직장인이 독서를 하면서 경험하고 깨달은 점을 공유할 수 있어서 행복하다. 이 책을 통해 세상의 많은 사람이 독서에 관한 생각을 바꾸고, 가슴 뛰는 성공한 인생을 살아가길 진심으로 바라며, 대한민국 모든 국민에게 독서에 대한 동기부여가 될 수 있기를 간절히 바란다.

세상의 모든 좋은 운을 끌어당기는
Henrik Kim

차

례

1장

누구나 살면서
책이 필요한
순간이 있다

책을 읽을 때
나는 가장 즐겁다

여러분들이 가장 즐겁다고 생각하는 일은 무엇인가? 누군가는 평소에 눈여겨봐온 명품시계나 가방을 살 때일 수도 있다. 그리고 집 안에 새로운 가전제품을 들여놓거나, 친구들과 필드에 나가서 골프 라운딩을 할 때일 수도 있다. 물론 나도 역시 앞에 열거한 것들을 할 때 즐겁다.

그러나 나는 고요한 새벽에 일어나 독서를 하는 것이 가장 즐겁다. 나의 하루는 이렇게 시작한다. 새벽 4시 30분경에 휴대전화의 알람을 들으며 일어나서 가장 먼저 시원한 생수를 한 컵 마신다. 생수를 한 컵 마시는 것은 나의 온몸을 깨워주는 가장 확실한 방법이다. 그리고 동작 횟수를 세어주는 애플리케이션을 열고 스쿼 100개를 한다. 5분이면 충분하다. 그다음은 내가 소망하는 것을 머릿속에 선명하게 그리며 성공 확언을 한다. 이런 과정이 끝나고 책상에 앉아서 어제 읽고 있던 책이나 미리 읽으려고 계획했던 책을 편다.

나는 원래 책을 즐겨 읽던 사람이 아니었다. 대부분의 공대생들이 그렇듯이, 어릴 때도 그랬고, 학교에 다니면서도 그랬다. 교과서 외에는 따로 책을 읽지 않았다. 이는 사회생활을 하면서도 달라지지 않았다. 저자나 유명 인사들이 TV에 나와 책을 많이 읽어야 한다고 말해도 귓등으로 흘려들을 뿐이었다.

그런데 마흔 가까운 나이가 되면서 생애 처음으로 나 자신을 탐구하게 되었다. '나는 누구인가?' 그리고 '나는 앞으로 어떤 삶을 살아야 하나?' 이런 질문들이 불현듯 떠오른 것이다.

나의 존재에 의문을 가지고 고민을 했다. 그러다 우연히 KBS 제1라디오에서 박재희 교수님이 진행하던 〈3분 古典〉을 듣게 되었다. 어떤 상황에서도 흔들리지 않는 마음을 가지고 사는 것을 '자득(自得)'이라고 한다. 자득에 관한 내용이 내 머릿속에 확 다가왔다. 자득은 맹자에 나오는 글귀로, '스스로 완전한 마음의 평정을 찾고, 지혜롭게 조절할 수 있는 경지'라고 한다.

또한, 인생을 살다가 갑작스러운 사고나 불운을 겪기도 하고, 잘나가던 사람이 곤경에 빠지기도 하는데, 어떤 상황에서도 자신(自)을 잃지 않고 보존(得)한다는 것이다. 어떠한 어려운 환경과 불확실한 상황에 이른다 해도 절대로 흔들리거나 꺾이지 않는 강인한 마음을 가질 수 있는 것은 바로 자득의 경지다.

라디오 방송을 들으면서 책이 궁금해졌고, 근처 도서관에서 책을 빌려서 읽어보기 시작했다. 하지만 평소 책을 가까이하지 않던 사람이 책을 읽고 싶다고 해서 바로 독서를 잘할 수는 없는 노릇이다. 42.195km를 달려야 하는 마라토너도 처음에는 자기 자신이 견뎌낼 수 있는 거리를 연습해야 한다. 그렇게 조금씩 조금씩 뛰는 거리를 늘려가야 한다. 산행도 다르지 않다. 처음부터 1,000m가 넘는 산을 오를 수는 없다. 평소에 걷기 등 유산소 운동을 하면서 다리 근육과 체력을 길러야 한다.

독서를 처음 시작했을 때, 책 내용을 쉽게 이해할 수 없었다. 오랫동안 집중하며 책상 앞에 앉아 있는 것도 힘들었다. 독서 습관이 몸에 배지 않아 책을 읽는 것 자체가 쉽지 않았던 것이다. 나는 내가 고민하고, 알고 싶어 하는 내용을 담고 있는 책을 찾아 한 권, 한 권 읽기 시작했다. 책을 읽으면서 내 고민이 나에게만 국한된 것도 아님을 알게 되었다. 2,000년 전의 위인들도 똑같은 고민을 했다는 사실을 알게 되었다.

그리고 책을 좀 더 집중해서 읽고 싶다는 생각을 가지게 되었다. 그때부터 나는 새벽 독서를 시작했다. 그것이 꾸준히 이어져 지금에 이르렀다. 새벽 독서를 하면서, 매일 똑같았던 출근길이 달라 보이기 시작했다. 출근 시간의 공기도 상쾌하고, 뭔가 모를 뿌듯함과 성취감 같은 것을 느끼게 되었다.

　새벽 독서를 하면서 매일 일정한 시간에 일어나는 것이 습관이 되었다. 그리고 회사 업무를 하면서 고민하던 문제에 대해 책을 읽으면서 아이디어를 얻기도 했다. 또한, 매일 파도처럼 밀려오던 많은 일상적인 업무에 대한 부정적인 생각이 줄고, 말이 조금씩 부드러워졌다. 무엇보다 마음이 전보다 여유로워졌다.
　또한, 독서를 하면서 스스로를 긍정하게 되었으며, 나 자신이 소중한 사람이라는 것을 알게 되었다. 그리고 나와 인연이 있는 사람들이 소중하게 느껴졌다. 설계업무 특성상, 소수점 아래 숫자 하나, 도면의 선 하나까지도 명확하게, 그리고 정확하게 처리되어야 한다는 강박관념이 있었던 나에게 숨을 쉴 수 있는 여유를 만들어주었다.

　"현재 여러분들은 자신이 주인인 인생을 살고 있는가?" 참 어렵고 대답하기 곤란한 질문일 수도 있다. 책을 읽기 전까지 나 역시 내 자신이 내 인생의 주인으로 살았다고 자신 있게 말할 수 없었다. 아마도, 이 글을 읽는 여러분들도 마찬가지일 것이다. 수능 성적과 같은 사회가 만들어놓은 획일적인 기준에 따라 자신의 적성과 상관없이 대학을 들어간다. 그리고 대학에 입학하자마자 사회가 만들어놓은 기준에 맞추기 위해, 공무원 시험에 합격하기 위해, 대기업에 입사하기 위해, 이른바 스펙 쌓기를

　인생의 답은 독서에 있었다

한다. 그리고 공무원이 되거나 대기업에 들어가지 못하면 인생의 실패자라고 생각한다.

　나 역시, 대학 재학 시 취업 준비를 하면서 사회가 요구하는 기준에 부합하기 위해 부단히도 노력했다. 예를 들어, 학점, 토익 성적, 국가인증 자격증, 어학연수 경험, 아르바이트 경험 등이다. 운이 좋게도, 나는 당시 울산에 있는 H중공업에 1박 2일간의 임원 면접과 실무 면접을 본 후, 최종 합격했다. 당시, 나는 내가 남부럽지 않은 인생을 살 수 있을 것이라고 생각했다.
　입사 후 회사에 적응하기 위해, 그리고 선배 동료들과의 좋은 관계를 위해, 회사에서 매달 나오는 월급을 위해 열심히 회사와 집을 반복했다. 내 업무는 선박 엔진을 만들기 위해 필요한 부품 중 일부의 생산 설계를 하는 것이었다. 그러던 어느 날 내 자신이 거대 시스템 안에서, 선박 엔진의 생산공정을 맞추기 위해서 필요한 일부에 불과하다는 생각이 들었다. 시간이 갈수록 내가 한없이 작은 존재 같았다.

　입사 초기, 나는 조직 안에서 충분한 전문성도 갖추지 못해, 내 목소리를 낼 수도 없었다. 나는 사랑하는 가족을 위해서 욕망보다는 이성으로 나 스스로를 제어했다. 회사생활을 오래 하면 할수록, 기준에 따르며 순응하는 나를 발견했다. 나는 여전히 누군가가 만들어놓은 기준을 따르는 사람이었다. 그리고 이념의 창조자가 아닌 수행자였고, 단지 다른 사람의 말을 수용하는 사람이었다.

나는 한없이 작아진 나의 자존감을 회복하고 싶었다. 그리고 어떻게 하면, 나 자신의 주인으로 살 수 있을까 고민했다. 내 인생의 주인으로 사는 방법은, 가슴이 시키는 삶을 사는 것이었다. 가슴이 시키는 삶이란, 나 자신이 그 일에 주도적으로 참여하며, 창조적이고 생산적인 일을 하는 것이다.

자존감이 낮은 사람들은 자신의 성공을 마음껏 즐기지 못한다. 자신의 마음 한 켠에 불안과 수치심이 자리하고 있다. 다른 사람들이 자신에게 칭찬을 해줘도 그것을 100% 받아들이지 못한다. 자신의 성공과 칭찬에 대해 스스로 평가 절하하는 경우가 많다. 낮은 자존감은 항상 자신의 발목을 잡는다. 자신의 장점조차 부정적으로 판단한다. 자존감이 낮으면 항상 외부의 시선이나 스치는 말 한마디에도 흔들린다.

이런 사람들은 무슨 수를 써서라도 자신의 자존감을 높일 필요가 있다. 나는 자존감을 높일 수 있는 가장 효과적인 방법으로 독서를 추천한다. 독서를 하면 자기 자신을 사랑할 수 있는 마음, 자기애(自己愛)를 키울 수 있다.

서강대 철학과 최진석 명예 교수는 《나는 누구인가?》에서, '자신의 주인으로 산다는 것'은 사회가 만들어놓은 기준을 따르는 사람이 아니라 새로운 기준을 생산하는 사람이며, 이성에 제어되지 않고 욕망의 실행자가 되는 것이라고 했다. 그리고 이념의 수행자가 아니라 욕망의 실행자가 되는 것이며, 다른 사람의 말을 수용하는 것이 아니라 나의 말을 적극적으로 하려는 사람이라고 한다.

지금부터 가슴이 시키는 대로 자신이 주인으로 사는 삶을 위해 책을 읽어보자. 그냥 부담 없이 가볍게 시작하는 것이 중요하다. 이렇게 시작하면 어느 순간 자신의 생각이 변화되고, 자신의 말이 바뀌며, 자신의 행동이 변화되고 있는 것을 깨닫게 될 것이다. 한번 해보면 어느 순간 독서하는 것이 즐거운 일상이 된다. 그냥 가볍게 시작하라. 당신도 분명히 책 읽는 즐거움을 알게 될 것이다.

행동하지 않으면
인생은 변하지 않는다

　　나는 IMF 시기에 대학을 졸업하고, 사회생활을 시작했다. 국제통화기금(IMF)의 지원을 받던 시기는 대한민국 모두가 힘들었다. 어느새 20여 년이 지났다. 그사이 나는 예쁜 아내와 결혼도 하고 사랑하는 세 자녀를 두고 있다. 정신없이 살다 보니 어느새 나도 기성세대가 되었다.

　　나는 운이 좋게도 1999년 12월, 울산에 있는 H중공업에 입사했다. 공과대학을 졸업했지만, 나는 선박 엔진 관련 업무에 대해서 전혀 아는 것이 없었다. 내 앞에 주어진 모든 것들을 나는 새로 배워야 했다. 하루라도 빨리 회사 업무에 적응해야 한다는 생각에 누구보다도 열심히, 그리고 정신없이 회사생활을 했다. 공대를 나왔지만 선박 엔진 관련 도면을 볼 줄 몰랐기 때문이다.

쉽게 말해 어린아이들이 책을 보고 있지만, 글자를 모르는 그런 상황이었다. 도면의 기호가 무슨 의미인지, 실물 형상은 어떤 것인지, 도면의 공차가 무엇을 의미하는지 등 새롭게 익히고 배워야 할 것들이 너무 많았다.

그렇게 나는 항상 바쁘게 회사생활을 했고, 시간이 흘러 대리, 과장이 되었다. 업무를 잘 아는 과장이 되었지만, 나는 여전히 정신없이 바쁜 회사생활을 하고 있었다. 예를 들어, 협력업체에서 가공을 잘못했다거나, 생산 현장에서 부품이 조립이 되지 않는 일 등이다. 그리고 시운전을 하면서 나온 선주 코멘트는 항상 쌓여만 갔다. 설계업무 특성상, 조용히 넘어가는 날이 없었다. 내가 몸담고 있었던 설계부서는 답을 내놓아야 하는 조직이었다. 이 문제를 어떻게 해결할까 고민을 하고, 해결책을 만들어야 했다. 그렇지 않으면, 해당 공정은 다음 공정으로 진행할 수 없게 된다.

퇴근 시간은 정해져 있었지만, 정시퇴근을 하는 사람은 거의 없었다. 오래 남아서 근무하는 사람이 일을 열심히 하고, 회사에 기여하는 사람으로 인정받는 분위기였다. 나 또한, 당시 처리해야 할 업무가 많아서 퇴근 시간이 훨씬 지나도 사무실에 남아 있는 게 당연하다고 생각했다. 그리고 늦은 시간까지 남아 있는 주변 동료들과 저녁을 먹으러 가곤 했다. 저녁을 먹을 때는 어김없이 술을 마시며 잠시나마 회사에서의 스트레스를 풀고, 귀가하는 생활의 연속이었다.

당시 내 머릿속에는 '쌓여 있는 회사 업무를 어떻게 처리해야 할까?' 하는 생각으로 가득 차 있었다. 퇴근했어도, 그리고 주말에 집에서 쉬고 있어도 마찬가지였다. 회사와 집을 반복하는 생활의 연속이었다. 회사 업무는 어떻게 처리할지 항상 고민했지만, 내 인생을 어떻게 살아갈지에 대한 고민이나 계획이 없었다. 매일 나에게 일어나는 당장 급한 일이 우선시되면서, 나는 사는 대로 생각하고 있었다. 나는 나의 삶이 뭔가 잘못되어가고 있다고 생각했다.

사람은 사는 대로 생각하는 것이 아니라 생각하는 대로 살아야 한다. 생각대로 살지 않으면, 어느 순간 삶에 공허함이 찾아온다. 지향해야 할 목표가 없는 인생은 망망대해에 떠 있는 갈 곳을 잃은 배와 같다. 자신의 삶이 공허하다고 생각된다면, 자신의 고민과 관련된 책을 찾아 읽어보라. 처음에는 잘 보이지 않던 것들이 조금씩 모습을 보여준다. 그리고 어느 순간 명확히 보이는 순간이 온다. 그러면 마음이 편해진다. 왜냐하면, 여러분들은 이미 책을 통해서 불안했던 고민에 대한 해결책을 이미 찾았기 때문이다. 당신도 늦지 않았다. 그러니 더 이상 고민하지 말고 책을 읽어보자.

인생의 답은 독서에 있었다

여러분은 말뚝에 묶인 코끼리 이야기를 한 번쯤은 들어봤을 것이다. 어릴 때부터 말뚝에 묶인 채 자란 어린 코끼리는 어른 코끼리가 되면 말뚝을 뽑을 충분한 힘을 가지게 된다. 그러나 어릴 때 말뚝에서 빠져나오지 못했던 기억 때문에 커서도 말뚝에 묶여서 빠져나올 생각을 하지 않는다고 한다.

자의든 타의든, 무언가에 한번 길들여지면 그것을 탈출하는 것은 쉽지 않다. 길들여진 것이 자신의 잠재의식에 각인되고, 각인된 것은 자신의 생각과 행동을 지배하게 된다. 각인(刻印)을 사전에서 찾아보면, '도장을 새긴다'라는 의미다. 도장에 새기듯, 어떤 사건이나 느낌이 머릿속이나 마음속에 깊이 남아 있어 뚜렷하게 기억한다는 것이다. 좋은 습관이면 괜찮겠지만, 나쁜 습관까지도 여과의 과정 없이 관성의 법칙에 의해, 자신이 스스로 깨닫기까지 계속 이어진다.

코끼리가 말뚝에서 빠져나오지 못하는 것은, 코끼리는 말뚝을 자신의 한계라고 스스로 생각하기 때문이다. 즉, 주어진 환경에 '왜?'라는 생각을 하지 않고, 한계를 뛰어넘기 위해 스스로 행동으로 옮기지 않는다.

성공한 사람과 그렇지 않은 사람의 차이는 무엇일까? 성공한 사람은 자신의 욕망을 성취하기 위해 끊임없이 노력하고 행동하는 사람이다. 우리는 이제까지 "송충이는 솔잎만 먹어야 한다"라는 말을 들으며, 욕망을 자제하고 분수에 맞게 살라고 배웠다. 일반적으로 욕망이라는 단어를 떠올릴 때 부정적인 이미지를 가지고 있다. 또한, 욕망을 가지는 것은 나쁜 것이라는 선입견이 있다. 나 또한 그랬다. 그냥 주어진 환경에 순응하며, 자신의 몸을 이미 만들어진 기준에 맞춰서 평범하게 사는 삶이었다. 이런 삶에는 자신이 진정으로 원하는 욕망을 향한 행동력이 있을 수 없다. 그리고 이런 삶은 자기 생각이 없어도 살아갈 수 있다.

그러나 이런 삶을 살고 싶어서 이 책을 찾아서 읽으려는 사람은 없을 것이다. 이제 욕망에 대한 우리의 생각을 바꿔보자. 욕망은 좋은 것이고, 우리가 삶을 살아갈 수 있게 하는 엔진이라고 생각하자. 사람이 욕망을 가지면 행동하게 되고, 행동하게 되면 삶은 달라진다. 우리가 원하는 욕망을 향해 행동하게 되면, 아무리 힘들고 어려운 일이 있더라도 성공을 위해 기꺼이 싸워서 이겨낸다. 항상 어떻게 하면 성공할 수 있을까 고민하고, 되는 방향으로 긍정적으로 생각하게 된다.

'백문불여일견(百聞不如一見)'이라는 말이 있다. '백 번 듣는 것이 한 번 보는 것보다 못하다'라는 뜻으로, 직접 경험해야 확실히 알 수 있다는 말이다. 나는 설계부서에 근무하면서 이 말을 뼈저리게 경험했다. 신입사원 시절, 나는 부품 도면을 봐도

전혀 이해할 수가 없었다. 도면에는 내가 모르는 숫자, 실선과 점선, 기호들은 없었다. 그러나 나는 아무리 봐도 어떤 형상인지 알 수가 없어서 답답했던 적이 한두 번이 아니었다. 하지만 현장에 가서 그 부품을 한번 보게 되면, 답답해했던 것이 한 번에 해결되었다. 현장에 가서 부품을 직접 보는 행동을 하지 않았다면, 나는 그 부품을 이해하는 데 상당한 시간이 걸렸을 것이다.

우리의 삶도 다르지 않다. 우리는 머릿속에 이루고 싶은 꿈과 희망을 간직하고 있다. 그러나 실제로 행동하지 않는다면 항상 제자리걸음만 하고 있을 것이다. 그럼 아무런 변화가 일어나지 않는다.

자, 이제 우리 자신을 한번 보자. 내가 할 수 있는 일은 여기까지라고 스스로 한계를 만드는 코끼리인지, 아니면 무한한 가능성을 가진 코끼리인지 진지하게 나를 돌아보자. 나는 여러분들도 나와 같은 답을 생각해냈을 것이라고 생각한다. 이제 당신의 무한한 가능성을 알게 되었는가? 혹시 아직도 정확히 자신의 가능성을 발견하지 못했다면, 지금 당장 근처 도서관으로 뛰어가라. 그리고 책을 읽어보라. 분명히 당신이 원하는 꿈과 가능성을 발견하게 될 것이다. 나는 우리가 자신의 꿈, 소망과 욕망을 향해 행동하게 되면 인생은 분명히 바뀐다는 것을 확신한다. 지금부터 행동하자.

안전하다는 착각이
우리를 위험에 빠뜨린다

세상에 변하지 않는 것은 없다. 단 한 가지 변하지 않는 것은, '모든 것은 변하고 있다는 사실' 자체일 것이다. 나를 둘러싼 모든 것은 지금 이 시각에도 변하고 있다. 변화는 자연의 순리이며, 거역할 수 없는 이치다.

나는 어려운 시기에 울산의 H중공업에 공채로 입사했다. 그해 9월, 지도교수님의 추천서와 입사원서를 접수했다. 당시, 입사원서 접수 시 지도교수 추천서를 같이 제출하라는 조건이 있었다. 그리고 나는 서류 통과와 1차 임원 면접과 2차 실무 면접을 무사히 통과했다.

나는 당시 면접 상황을 아직도 생생히 기억하고 있다. 면접 장소는 회사 정문 앞 호텔이었다. 전국에서 온 취업준비생들이 면접 대기 장소에 가득했다. 사실 나는 지방 공과대학 출신이다. 당시 면접 대기 장소를 가득 채운 사람들을 보며, '과연, 내가 합격할 수 있을까?' 하는 걱정과 불안한 마음이 컸다.

다섯 명씩 한 개조로 해서 임원 면접실로 입장했다. 한 조당 10분 정도의 면접 시간이 정말 많이 긴장되었다. 1분간 자기소개를 한 후, 입사 지원동기, 재학 시 특별한 경험, 회사의 인재상 등 임원들의 자유 질의가 이어졌다. 나에게는 앞에서 열거한 것이 아닌, 전공 관련 공식에 대해서 설명해보라고 했다.

당시 나는 '한국산업인력관리공단'에서 인정하는 기계기사 1급에 합격했기 때문에 베르누이 방정식의 원리와 공식에 대해서 막힘없이 설명할 수 있었다. 지금 해보라고 하면, 면접 당시만큼 제대로 설명하지는 못할 것 같다. 그렇게 나는 11월에 최종 합격통보를 받았다.

입사하고 나니, 이른바 스카이대 출신들과 공과대학으로 유명한 대학 출신들이 대부분이었다. 입사 후 실무 부서에 배치되고, 업무에 적응하기 위해 많은 노력을 기울였다. 그렇게 대학 4학년 시절의 미래에 대한 불안도 사라졌다. 그리고 내가 조직에 소속되었다는 안도감과 안정적인 월급을 받는다는 사실도 좋았다. 나는 변화보다 현실에 안주하기 시작했던 것 같다.

이제, 나는 20년 이상 회사생활을 이어오고 있다. 그동안 나는 바쁘게 돌아가는 회사 업무를 우선순위에 놓다 보니 나의 존재는 항상 후순위였다. 나는 1차 목표였던 대기업에 입사하고 난 후, 회사 업무와 관련해 나의 능력을 높이는 데 집중했다. 성작 중요한 나 자신의 가치를 높이는 자기계발은 아예 생각조차 하지 않았다.

개구리를 뜨거운 물에 넣으면 즉각 뛰쳐나오지만, 찬물 속에 넣고 적당한 온도로 천천히 가열하면, 개구리는 위험을 감지하지 못한 채 서서히 냄비 속에서 죽는다. 주변에서 일어나고 있는 위기상황을 알아차리지 못하고, 안주하다가 최후를 맞이한다는 어리석음을 빗댄 말이다. 실제로, 프랑스에는 '그르뉘에 (Grenouille)'라고 하는 개구리 요리가 있다. 이 요리를 할 때 개구리가 들어 있는 물을 천천히 가열한다. 그러면 개구리는 크게 요동치지 않고 얌전한 상태로 있다가 요리가 된다.

나는 내가 하는 업무 분야에서 세계 최고라는 자부심을 느끼며, 모든 것에 익숙해진 환경이 편하게 느껴졌다. 그리고 매일 내가 만나는 사람들은 똑같은 회사 근무복을 입고, 비슷한 생각을 하는 동료들이었다. 내 자신이 서서히 가열되는 냄비 속의 개구리라는 것을 인식하지 못했다.

인생의 답은 독서에 있었다

당시 재계 3위의 잘나가던 대기업 그룹도 쓰러지고, 구조조정이 한창이던 IMF 시기에 나는 사회생활을 시작했다. 그리고 2008년 미국발 금융위기가 있었다. 금융위기의 여파는 선박 발주량 감소로 이어졌다. 모회사는 2017년 조선 경기가 바닥인 시기에 조선·엔진·전기 전자 부문의 애프터 서비스와 A/S 부품 영업을 전문으로 하는 회사를 분사시켰다. 현재 내가 다니고 있는 회사는 고객 서비스를 강화하겠다는 목표로 부산 해운대에 설립되었다. 나도 회사를 따라 부산으로 옮기게 되어, 주중에는 부산에서 회사에 다니고, 주말에는 가족들을 보기 위해 울산에 가는 생활을 했다.

월급은 그전보다 많았지만, 여전히 나의 경제 상황은 개선되지 않았다. 겨우 현상 유지하는 수준이었다. 항상 여유롭지 못하고, 외부 환경에 흔들리는 상황을 그냥 지켜보고 순응할 수밖에 없는 내가 싫었다. 그러나 가족을 위해 참아야 하는 상황이었다.
현재의 나의 상황은, 내가 과거에 했던 인식의 결과물일 것이다. 우리는 일상에서 변화와 혁신이라는 말을 많이 듣는다. 그러나 나는 그동안 나의 가치를 경쟁력 있게 만들지 못했다. 이 세상에 변하지 않는 것은 없다. 반대로, 제자리걸음만 하는 나를 볼 때, 그리고 외부 환경에 흔들리는 나와 마주할 때, 향후 5년 후, 10년 후 나의 모습이 불안해진다.

고객에게 재화나 서비스를 제공하는 기업에서 '변화와 혁신'은 생존의 문제다. 그러나 우리는 변화를 좋아하지 않아 기존의 방식을 고수하려 한다. 하지만 익숙한 것과 결별하지 않으면, 우리의 삶은 지금까지의 삶과 별반 달라지지 않을 것이다.

코닥(Kodak)은 1888년에 설립되어 100년을 이어온 회사였다. 그러나 필름카메라의 최강자였던 코닥은 필름산업의 몰락과 함께 2012년 파산했다. 코닥은 직원이 전 세계 16만 명에 달했고, 세계 필름 시장을 석권하는 초일류기업이었다. 카메라와 필름 분야의 1등 기업으로 유명했고, 1975년 코닥의 스티브 세손(Steve J. Sasson)은 세계 최초로 디지털카메라를 만들었다. 그러나 회사는 필름을 더 팔지 못하게 될 것을 우려해서 세계 최초로 디지털카메라를 발명했음에도 '쉬쉬!' 했다. 그러다 디지털카메라가 본격적으로 등장하면서 코닥은 역사의 뒤안길에 들어서게 되었다.

코닥은 디지털카메라에 대한 소비자의 니즈와 세상의 변화에 대응하지 못했다. 필름이 영원하리라는 과거에 안주하다가, 미래를 준비하지 못하고 망한 것이다.

반면, 업계 2인자였던 '후지필름'은 필름 사업에서 얻은 정밀화학 기술을 기반으로 새로운 사업에 도전했다. 화장품과 제약 사업, 그리고 바이오 산업을 시작했다. 최근에는 코로나19 백신 사업에도 뛰어들었다. 환경 변화를 빠르게 파악하고, 새로운 분야에 과감하게 뛰어들어 위기를 기회로 만들었다.

후지필름은 위기를 극복하기 위해 자신들이 잘하는 본업에서 찾았다. 즉, 코어 기술을 바탕으로 선택과 집중을 하고, 이것을 확장해 또 다른 시장을 선도한 것이다. 지금의 후지필름은 필름 회사가 아닌 바이오 기업이다.

변화에는 남이 시켜서 하는 수동적인 변화와 자기가 주도적으로 하는 능동적인 변화가 있다. 수동적인 변화는 외부의 환경에 휩쓸리는 것이고, 늘 따라가기 급급하고 피곤하다. 그리고 변화에 반응하지 않으면, 어쩌면 생과 사의 문제가 될 수도 있다. 반면, 능동적인 변화는 어떤 역경이나 어려움에 대한 해결책을 스스로 찾고, 나의 가치를 높이는 것이다. 변화의 물결을 정확히 읽고, 변화에 능동적으로 대처하는 사람에게 변화는 더 이상 두려움이나 불안의 대상이 아니다.

배는 항구에 정박해 있을 때 가장 안전하다. 방파제가 파도를 막아주기에, 험난한 파도를 걱정할 필요가 없다. 그러나 항구에만 있는 선박은 아무것도 성취할 수 없다. 힘겨운 파도가 주는 깨달음과 삶의 노하우는 알 수가 없다.

안전하다고 생각하는 순간, 우리는 현실에 쉽게 안주하게 된다. 우리는 자신의 가슴을 뛰게 하는 꿈과 희망을 생각하지 않는다. 세상에서 가장 불쌍한 사람은 꿈과 희망, 욕망이 없는 사람이다.

모든 사람이 변화를 원하지만, 변화를 선택하는 사람은 그리 많지 않다. 변화가 두려울 수도 있고, 적응하는 것이 어려울 수도 있다. 그러나 변화에 역행하는 것은 순리가 아니다. 자연에도 순리가 있다. 인간도 자연의 일부다. 인간이 자연의 순리에 따르는 것은 당연하다.

안전함이 우리를 지켜주지는 않는다. 그 안전함은 어느새 불안으로 바뀌게 된다. 아무 준비 없이 불안을 맞이하기보다 미리미리 대비하자. 가장 좋은 방법은 독서를 하는 것이다. 독서는 자신의 불안과 두려움을 사전에 알 수 있게 해준다. 그러면 당신은 변화에 유연하고 지혜롭게 대비할 수 있다.

인생의 답은 독서에 있었다

책을 읽으면 미래를 불안해할 이유가 사라진다

취직을 준비하던 시기, 나의 첫 번째 목표는 내가 생각하던 대기업에 입사하는 것이었다. 나는 울산의 H중공업에 합격한 소식을 부모님께 전화로 알려드렸다. 어머니와 달리 아버지의 반응은 담담했던 것으로 기억한다. 그러나 요란하게 말로 표현은 하지 않으셨어도 많이 기뻐하셨을 것이라 생각한다.

우리는 설이나 추석 명절에 고향에 간다. 고향에 가게 되면, 평소에 자주 만나지 못하던 친척들이나 동네 이웃들이 항상 물어보는 질문들이 있다. 예를 들어, "니 지금 뭐하노? 어디 좋은 데 다니나?", "만나는 사람은 있나? 애인은 있나?"와 같은 질문들이 그것이다. H중공업에 입사한 이후, 나는 이런 질문에서 자유로워질 수 있었다. 왜냐하면, 내가 다니는 회사에 대해 소상히 설명할 필요가 없었기 때문이다. 그냥 H중공업 다닌다고 한 마디로 끝낼 수 있었다.

선박 엔진 관련 주요 업무 공정은 크게 엔진 수주, 기본 설계, 상세 설계, 부품 발주, 부품 가공, 조립, 시운전, 제품 납품, 고객 클레임 대응으로 구성되어 있다. 당시 내가 회사에서 하던 일은 선박 엔진을 구성하는 특정 부품의 상세 설계 공정의 일부분을 담당하는 것이었다. 선주사에서 오더한 제품을 생산하기 위해, 각자가 맡은 일을 실수 없이 처리해서 그다음 공정으로 넘겨주면 된다.

나름대로 공대에서 배운 지식을 조금이나마 사용하는 설계업무를 하고 있다는 것이 위안이었다. 하지만 나는 컨베이어 시스템에서 그 시스템의 속도에 맞춰 항상 바쁘게 일을 할 뿐이었다. 회사에서 대형엔진 설계부는 선박 엔진 관련의 모든 문제에 대한 해결책을 제시해야 했다. 이것은 설계부서의 의무로 인식되고 있었다. 그러다 보니, 항상 일에 쫓겼고, 업무 스트레스는 항상 최고조였다. 조그마한 외부 자극에도 금방이라도 끊어질 것 같은 긴장 상태가 지속되었다. 저녁에 퇴근하면서 동료들과 술을 마시며 하루의 스트레스를 푸는 것이 유일한 즐거움이었다.

이런 시간이 지속되면서 나는 점점 지쳐갔다. 그렇다고 모든 것을 한 방에 해결해줄 수 있는 대안이 있는 것도 아니었다. 그리고 매달 나가는 생활비, 카드값을 아무 문제 없이 해결해야 했다. 거대 조직 내에서 스트레스를 받을지언정 내가 참고 견디면 되는 일이었다. 그러나 시간이 흐르면서 나는 깨닫게 되었다. 즉, 이 일은 나의 가슴을 뛰게 하거나, 그것을 떠나 있을 때 계속 그리워지는 그런 일은 아니라는 것이 근본적인 문제였다. 나는 항상 바쁘다는 핑계 속에 모든 것을 묻어두고, 불안을 계속 키워왔던 어리석은 사람이었다.

‘앞으로 어떤 삶을 살 것인가?’라는 근본적인 질문이 나를 향하고 있었다. 그러나 이 질문은 당시 내게 너무나도 어려운 것이었다. 심지어, 나는 이 질문에 깊게 생각하지 않았다. 내가 매일 회사에서 만나는 사람들처럼, 나를 드러내지 않고 평범하게 사는 것도 나름대로 괜찮다고 생각했기 때문이다.

변화경영 사상가로 알려진 구본형 작가는《낯선 곳에서의 아침》에서 이런 말을 했다.

"하고 싶은 일은 다짐이 없이도 우리를 늦게까지 깨어 있게 하고, 새벽에 일어나게 한다. 그 일을 위해서 다른 일을 포기하게 만든다. 그것은 떠나 있으면 그리워지는 그런 것이다. 그것을 찾아야 한다."

나는 여러분들이 이런 일을 빨리 찾을수록 자신의 목표에 빠르게 다가설 수 있을 것이라고 생각한다.

'평범하다'를 사전에서 찾아보면 '뛰어나거나 색다른 점이 없이 보통이다'라는 뜻의 형용사다. 그리고 '평범하다'는 말은 무리 속에 있는 것이고, 무리의 수준에 내가 동화되어가는 것이다. 또한, 자신이 평범하다고 생각한다면, 다른 사람들도 여러분들을 평범하게 대하고, 평범한 수준의 월급을 받게 된다.

나는 지금까지 '평범하게 사는 것도 나쁘지 않다'라고 생각하며 살아왔다. 그래서 나는 평범하게 평가를 받아왔고 평범한 연봉을 받아왔다. 물론 나의 삶에 가슴 뛰게 하는 일도 없었고, 내가 무언가를 만들어내거나 주도하는 일도 없었다.

하지만 지금의 나는 과거의 내가 했던 생각에 절대적으로 반대한다. 자신의 삶에 스스로 부여한 삶의 가치를 찾지 못한다면, 아무리 연봉을 많이 받거나 전문직에 종사하고 있어도, 또는 높은 자리에 있어도, 그것은 평범한 삶이라고 생각한다.

지금의 나는 과거의 나와 다르다. 나는 가슴이 시키는 일을 하고 있기 때문이다. 나는 매일 일신우일신(日新又日新) 하고 있다. 나는 매일 새벽 독서를 하고, 책 쓰기를 하고 있다. 나는 나의 미래가 기대된다. 나는 정말 내가 하고 싶은 일을 하면서 매일 성공하고 있기 때문이다.

인생의 답은 독서에 있었다

위대한 사람이 위대한 이유는 자신을 타인과 비교하지 않는 데 있다. 항상 자기 자신의 과거와 비교하며, 절대 긍정의 자세를 가지고, 언제나 자기 자신보다 조금 더 나은 사람이 되는 것을 삶의 목표로 하기 때문이다.

중국의 경제학자이자 중국 인재개발 분야의 일인자로 알려진 우간린(鳴甘霖)의《어떻게 원하는 삶을 살 것인가》를 보면, 삶의 지혜에 관한 공자(孔子)의 말씀을 소개하고 있다. 그는 이 책에서 우리의 유한한 삶을 무한하게 확장하려면 첫째, 자신을 밝힐 수 있는 사람이 되어야 하고 둘째, 주변을 밝힐 수 있는 사람이 되어야 하며 셋째, 후세를 밝힐 수 있는 사람이 되어야 한다고 말했다.

나는 이 글을 읽고, 한 줄기 빛이 나를 비추는 것 같아서 너무나도 기뻤다. 아무것도 보이지 않는 망망대해에서, 어디로 갈지 방향을 잡지 못하고 표류하다가 등대를 만난 것 같았다.

비록, 한평생 평범하게 살았다 하더라도, 평범한 삶 전체가 나쁜 것은 아니다. 최선을 다한 삶이라면 이렇게 살아온 삶이 잘못된 것도 아니다. 그러나 삶이 지향해야 할 목표가 없는 인생은 망망대해에 떠 있는, 갈 곳을 잃은 배와 같다. 어느 순간 자신의 삶이 공허하다고 느낄 것이다.

나는 독서를 하고 책 쓰기를 하는 것이 답이라고 생각한다. 독서를 하게 되면, 평범한 사람도 자신을 빛나게 밝힐 수 있고, 더 나아가 주변을 밝힐 수 있다. 그리고 책 쓰기를 통해 후세를 밝힐 수 있다.

더 이상 고민하지 말고 책을 읽어보자. 책을 읽으면 불안해 보이던 미래는 꿈과 희망으로 채워진다. 나를 불안하게 했던 이유가 자연스럽게 사라진다. 이제 꿈과 희망의 상자를 풀어볼 사람은 바로 여러분들이다.

누구나 살면서
책이 필요한 순간이 있다

사람은 자신의 운명을 스스로 바꿀 수 있다고 한다. 조용헌 작가의 저서 《담화(淡畵)》를 보면, 자신의 운명을 바꿀 수 있는 방법 다섯 가지를 소개하고 있다. 적선, 명상, 명당, 독서, 지명(知命, 운명을 아는 일)이 그것이다.

적선은 사람들에게 많이 베풀며 살라는 것이고, 자신의 운명을 바꿀 수 있는 가장 확실한 방법이다. 명상은 적어도 하루에 2시간 이상 하라고 한다. 명당은 풍수를 공부해 집터와 묘터를 잘 잡는 것이다. 독서는 운명을 바꿀 수 있는 가장 보편적인 방법이라고 한다. 마지막으로, 지명은 명리학을 공부해서 자신의 팔자를 대강 짐작하고 때를 아는 일이라고 한다. 눈 내리는 한겨울에 씨를 뿌리려고 덤벼드는 사람은 때를 모르는 사람이다. 때를 모르는 사람을 가리켜 '철부지(철不知)'라고 부른다.

자신의 운명을 바꿀 수 있는 방법 중에 독서가 포함되어 있다. 독서로 자신의 운명을 바꾼 사례는 적지 않다.

우선, 소프트뱅크 손정의(孫正義) 회장이 있다. 손정의 회장은 만성간염으로 3년간 병원에 입원하며, 인생 최대의 위기를 마주하게 된다. 입원해 있는 3년 동안 독서하면서 병마와 고독과 싸웠다. 그러나 그는 절대 포기하지 않았고, 마침내 인생 최대의 위기를 기회로 만들었다.

그는 만성간염으로 입원한 병원에서 자신의 모든 에너지와 시간과 관심을 온전히 독서에 집중했다. 3년간 4,000권의 집중독서를 했다. 손정의 회장은 "투병 중에 독서 4,000권을 독파하니, 한 줄기 빛이 단숨에 퍼져서 주변의 어두움을 날려 보냈다"라고 말했다. 당시 손정의 회장의 독서량과 사색이 지금의 소프트뱅크를 있게 한 경영 통찰력의 바탕이 된 것이다.

우리는 세상을 바라보는 방식이나 관점을 '프레임'이라고 한다. 어떤 프레임으로 세상을 보는가에 따라 고통과 시련이 될 수도 있고, 반대로 희망과 깨달음이 될 수도 있다. 부정적인 생각을 가진 사람은 항상 안 되는 방향으로 생각하고 행동한다. 반대로 긍정적인 생각을 가진 사람은 할 수 있는 방법을 찾기 위해 몰입한다. 긍정적인 생각을 가지고 할 수 있다고 하는 사람

인생의 답은 독서에 있었다

에게는 긍정의 에너지가 자석처럼 달라붙고, 간절히 바라던 것들이 현실이 되어 나타난다. 그러니 우리도 항상 긍정의 프레임을 가지고 세상을 바라보자.

교보생명 창립자 신용호 회장은 여덟 살부터 열 살까지 3년 동안 병을 앓으며, 죽음의 문턱을 여러 차례 넘나들었다. 그리고 병 때문에 취학 적령기를 넘긴 신용호 회장은 보통학교 입학을 거절당했다. 그는 보통학교와 중학교 과정을 모두 독학으로 마쳤다. 독학을 시작한 지 3년 만에 보통학교 졸업생 수준의 실력을 갖추게 되었다. 중학교 과정도 독학했고, 틈틈이 교양 도서를 빌려서 읽고 신문도 본격적으로 정독했다.

그렇게 중학교 3학년의 실력을 갖추게 된 열여섯 살에 그는 스무 살이 되면 자립을 하겠다고 마음먹었다. 이때부터 신용호 회장은 '천일 독서'를 시작했다. 책을 빌려 읽어야 했기 때문에, 시간이 걸리더라도 정독(精讀)을 해서 내용을 완전히 소화하고 반드시 독후감을 쓰기로 했다.

신용호 회장은 천일 독서를 하면서 다양하고 광범위한 독서 체험을 했다. 그리고 '책이 사람을 만든다'라는 진리를 깨닫게 되었다. 그는 열정적인 독학과 '천일 독서', 그리고 '현장학습'을 통해서 자립을 위한 준비를 착실히 해나갔다.

성년이 되기까지 신용호 회장은 천일 독서를 실천하면서, 장차 사회에 나가 무엇을 어떻게 할 것인가를 오랜 시간 고민했다. 그는 독서를 통해서 꿈과 희망을 품게 되었다. 책을 읽다가 우연히 발견한 '길을 찾는다. 길이 없으면 길을 만든다'라는 문장은 그의 평생 좌우명이 되었다. 독서를 할 때마다 책갈피에 꽂혀 있는 이 글귀를 마음속에 간직한 후, 자신의 평생 행동철학으로 삼았다. 신용호 회장은 위기에 좌절하지 않았다. 독서를 하면서 위기를 자신을 성장시킬 기회로 만들었다.

모든 사람은 살면서 삶이 힘들다고 느껴지는 순간들을 마주하게 된다. 그러나 독서를 하면 삶에서 마주치는 시련과 어려움에 대한 조언이나 참조할 만한 사례를 알게 된다. 그리고 그 사례를 통해 자신에게 적용할 용기나 해결책에 대한 아이디어를 찾을 수 있다. 또한, 삶의 위안도 얻게 된다.

독서를 통해, 우리는 자연스럽게 긍정적인 생각을 하게 된다. 그럼, 그전까지 도무지 보이지 않던 희망과 꿈이 보이기 시작한다. 독서를 하면서 이제까지 알지 못했던 것에 대해 알게 되고, 깨달음을 얻게 된다. 직접 경험하지 않더라도, 책을 통해 저자의 경험을 간접 체험할 수 있다. 독서는 저자의 경험이나 노하우를 가장 효율적으로 자기 것으로 만들 수 있다.

사장을 가르치는 사장으로 잘 알려진 김승호 회장은《알면서도 알지 못하는 것들》에서 이렇게 말했다.

"한 인간으로 태어나 이 세상에 흔적을 남기길 원한다면 노을을 보기 위해 이미 해가 진 서쪽으로 달려나가서라도 바라볼 용기를 가져야 한다. 내 안의 거인은 나만 깨울 수 있다. 그 아무리 위대한 선생도 내 안에 거인이 있음을 알려줄 뿐, 그를 깨어낼 수 없다. 돈키호테는 말했다. 이룰 수 없는 꿈을 꾸고, 이루어질 수 없는 사랑을 하고, 싸워 이길 수 없는 적과 싸움을 하고, 견딜 수 없는 고통을 견디며, 저 하늘의 별을 잡자."

나는 이 글을 읽고 나 자신을 되돌아봤다. 나는 한 번도 이런 생각을 하지 못했다. 이미 해가 진 서쪽으로 달려가 바라보려고 하지 않았다. 나는 회사에 입사 후, 주어진 업무에만 모든 것을 쏟아부었다. 언제나 나보다 회사가 우선순위이다 보니, 정신없이 바쁘기만 했다. 나 자신을 제대로 들여다볼 시간이 없었다. 솔직하게 말해, 나는 나 자신이 정말 원하는 것이 무엇인지 제대로 생각하지 않았다. 그냥, 사는 대로 생각했던 것이다.

나는 나보다 먼저 입사한 선배들과 똑같은 생각을 하고, 같은 회사 근무복을 입고, 아침 8시까지 출근해 저녁 6시까지 근무하고, 똑같은 메뉴의 점심을 먹고, 회사를 위해 열정을 쏟아붓는 게 당연하다고 생각했다. 그러다 보니 꿈은 사라지고 현실만 남았다. 나에게는 내 꿈에 대한 간절함이 없었다.

프랑스의 소설가 폴 부르제(Paul bourget)는 '생각하는 대로 살지 않으면 사는 대로 생각하게 된다'라고 했다. 사는 대로 생각하는 삶에는 나의 생각이 없다. 수동적으로 끌려가는 삶이다. 꿈에 대해서 생각할 필요도 없다. 나 자신의 삶에 창조적일 이유도 없다. 그러나 그 누구도 사는 대로 생각하는 삶을 살기를 원하는 사람은 없을 것이다.

내 안에는 이미 우리가 모르고 있던 거인이 있다. 이제부터 독서를 통해 내 안의 거인을 깨워보자. 그리고 기존에 가지고 있었던 생각, 즉 '한계'를 두는 고정관념, 부정적인 말버릇이나 생각, 태도는 쓰레기통에 말끔히 버리자. 대신, 그 빈자리에 긍정적인 새로운 생각으로 현재의 의식을 채워보자.

나폴레온 힐(Napoleon Hil)은 이미 100년 전에 철강왕 카네기(Andrew Carnegie)의 후원으로 당대의 자수성가한 백만장자 부자 500여 명을 인터뷰해 그들의 성공 비결을 정리한 책 《생각하라. 그러면 부자가 되리라》에서 '생각이 모든 것을 바꿀 수 있다'라는 것을 증명했다.

이제부터 책이 시키는 대로 따라 해보자. 그리고 이렇게 생각해보자.
'나는 세상의 모든 좋은 운을 끌어당기는 사람이다. 모든 좋은

에너지가 나에게로 오고 있다.'

의식(=생각)은 나 자신을 새롭게 디자인할 수 있는 유일한 수단이다. 자신의 생각이 변해야 자신의 인생이 바뀐다는 것을 명심하자.

행복해지고 싶을 때
책을 읽어라

"당신은 지금 행복한가?"라는 질문에 당신의 머릿속에 가장 먼저 떠오르는 것은 무엇인가? 지구별에 사는 모든 사람은 부와 풍요를 누리며, 평생 행복하게 살고 싶어 한다. 나 또한 그렇다. 그러면, 아무런 걱정이 없으면 행복할까? 행복할 수도 있고, 아닐 수도 있다.

광고인이자 작가인 박웅현은《책은 도끼다》에서 "우리의 정신은 의식 위에 떠다니는 특정한 대상을 포착하게끔 회로에 설정된 레이더와 같아서, 책을 읽고 나면 그전에는 무심히 지나쳤던 것들이 레이더에 걸린다는 것입니다. 회로가 재설정되는 거죠. 그렇게 잡히는 게 많아지면 결국 삶이 풍요로워지는 것이고요. 이것이 행복의 포인트가 되는 것입니다"라고 말했다.

나는 '행복은 자신의 삶이 풍요로워지는 것'이라고 생각한다. 여기서 풍요로워진다는 것은 물질적인 것과 정신적인 것을 모두 포함하는 것이다. 지금 우리가 살고 있는 21세기는 물질적인 것도 정신적인 것만큼 중요한 시대다. 우리는 두 가지 중에서 하나라도 부족하면 행복이라고 느끼기가 쉽지 않은 시대에 살고 있다.

　물론 기원전 4세기경에 살았던 디오게네스(Diogenēs)처럼 인간의 행복은 물질적 환경과는 상관없다고 주장하는 이들도 있다. 디오게네스는 어떤 소년이 손으로 물을 떠 마시는 것을 본 후, 자신이 소유했던 유일한 나무 밥그릇마저 버렸다. 그리고 "내가 저런 불필요한 것을 지니고 다니다니, 나는 얼마나 어리석은가"라고 스스로 한탄했다고 한다. 하지만 이 시대를 살아가는 나와 여러분들은 이런 삶을 원하지는 않을 것이다.

　그러면 우리는 어떻게 하면 행복해질 수 있을까? 나는 행복을 선택하고 발견하려면 책을 읽어야 한다고 생각한다. 책은 평소 우리가 인지하지 못하고, 그냥 무심코 흘려보내던 것들에 대해 우리의 감수성을 자극해준다. 그리고 감각을 예민하게 만들어주고, 숨겨진 촉각을 살아 숨 쉬게 해준다.
　우리는 일상생활을 하면서 바쁘다는 이유로, 익숙한 것들만 아무런 저항 없이 받아들인다. 바쁘다는 것은 새로운 것을 받아들일 여유 공간이 없다는 것이다. 우리의 마음에 여유 공간이 없다면, 시간이 지나면서 우리의 감수성은 무뎌지게 된다. 익숙한 것과 결별하지 않으면, 우리의 감각은 점점 퇴화된다.

나는 박웅현 작가의 《책은 도끼다》에서 소개한 김훈의 《자전거 여행》과 알랭 드 보통(Alain de Botton)의 《불안》을 읽어봤다.

박웅현 작가는 김훈을 '들여다보기의 선수'라고 표현하고 있다. 《자전거 여행》을 읽으면서 동백꽃, 벚꽃과 매화, 산수유, 목련의 특징에 대한 들여다보기를 마주한 후 나 또한, 내가 무심히 지나쳤던 꽃들이 다시 보이기 시작했다. 그리고 봄, 여름, 가을, 겨울의 사계절을 지금까지와는 다른 시각에서 맞이할 수 있게 되었다. 또한, 매일 똑같이 보이던 출근길과 만나는 사람들이 달리 보이기 시작했다.

또한, 알랭 드 보통의 《불안》을 읽으면서, 우리가 왜 불안한지에 대해 알게 되었다. 이 책은 불안을 자세하게 해부해서 보여주고 있다. 알랭 드 보통이 해부해준 불안을 읽고 나니, 내가 불안해했던 것이 이해가 되었다. 다시 말해, 책을 읽고 우리를 불안하게 만드는 고민과 걱정 등에 대해서 원인을 알게 된 것이다. 원인을 알면 우리는 그것에 대처할 수 있게 된다. 나는 책을 읽은 뒤 덜 불안해졌다.

나는 《책은 도끼다》에 나온 김홍도의 〈소림명월도〉와 베토벤의 〈월광 소나타 1악장〉을 같이 들어봤다. 〈소림명월도〉의 쓸쓸한 분위기와 〈월광 소나타 1악장〉의 느낌이 이렇게까지 잘 매치가 될 수 있다는 것이 놀라웠다. 피아노 반주만 들어도 그 분위기를 상상할 수 있다. 그런데 여기에 그림을 같이 보니 두 작품은 따로 떼어내서 생각할 수 없었다.

우리는 책을 읽고 자신의 무뎌진 감각을 되살려 행복해져야 한다. 책을 많이 읽고, 다양한 간접체험을 하며, 인문학적 소양을 갖춘 사람들은 자연스럽게 감각이 민감해진다. 책을 읽으면, 우리의 내면의식이 성장하게 된다. 의식성장이란, 우리의 잠재의식이 긍정적으로 변화되는 것을 말한다.

네빌 고다드(Neville Goddard)는 《상상의 힘》에서 "우리는 우리가 현재 인식한 우리의 모습을 끌어당긴다. 인생을 사는 방법은 원하는 대상을 쫓아가는 것이 아니라 소망이 이루어졌다는 느낌을 간직한 채 그것이 우리에게 오도록 하는 것이다"라고 말했다.

우리가 평소에 생각(=의식)하는 것이, 보이지 않는 세계에서 보이는 세계로 나타난다. 그러니 긍정적인 생각과 성공한 모습만 상상하자.

박웅현 작가는 '행복과 불행은 조건이 아니라 선택'이라고 말하며, '행복은 추구의 대상이 아니라 발견의 대상'이라고 한다. 독서는 자신의 운명을 바꿀 수 있는 가장 보편적인 방법으로 자신의 행복과 불행 중 행복을 흔들림 없이 선택할 수 있게 해준다. 운명을 바꾸는 것보다는 행복과 불행을 선택하는 것이 훨씬 쉽다. 더 나아가, 항상 행복한 마음과 긍정적인 생각을 가지고 삶을 산다면, 자신의 운명까지도 바꿀 수 있다.

물론 독서를 하지 않고도 행복과 불행 중에서 행복을 선택할 수도 있다. 그러나 우리의 마음은 갈대와 같아서, 독서로 내면 의식이 성장하지 않은 상태에서 하는 선택은 일관성을 유지하기가 어렵다.

어디까지나 행복은 '자신의 삶을 어떻게 대하느냐' 하는 관점의 문제다. 아무리 어렵고 힘든 일이라도, 그것을 시련이라 생각하지 않고 성공으로 가는 기회라고 생각해보자. 나는 할 수 있다는 마음으로 그 시련을 즐겨보자. 그럼 그 시련은 더 이상 시련이 아니게 되어 자신의 꿈과 희망에 한 발짝 다가서 있는 자신을 발견할 것이다.

우리는 행복을 바라보는 기준을 바꿔볼 필요가 있다. 행복은 추구하거나 달성해야 할 목표가 아니다. 행복은 우리가 스스로 발견하는 대상이다. 남과 비교하면서, 나도 남들이 만들어놓은 행복의 기준을 추구하겠다고 생각하니 좌절하게 되고 힘들어질 수밖에 없다. 행복해지고 싶다면, 외부의 기준이 아닌 자신만의 기준으로 세상을 바라보자. 오늘부터 평소 우리가 무심히 지나쳤던 우리 주변의 소소한 행복부터 발견해보자.

우리는 어떤 일에 몰입할 때, 시간이 어떻게 가는지도 모를 때가 있다. 우리 삶에서도 평생 몰입할 수 있는 일을 발견해보자. 그리고 그것에 집중할 수 있는 인생이라면 진짜 행복한 인생이라고 생각한다.

평생 몰입할 수 있는 일이란, 가슴이 시키는 일을 하는 것이다. 그것은 나 자신이 그 일에 주도적으로 참여하며, 창조적이고 생산적인 일을 하는 것이다. 누가 시켜서 하는 일과 내가 하고 싶어서 하는 일의 결과 차이는 크다. 누가 시켜서 하는 일은 그 일에 자기 자신의 의지가 반영되어 있지 않아 재미가 없다. 재미가 없다는 것은 행복하지 않다는 것이다.

그러나 내가 하고 싶어서 하는 일은 내가 왜 이 일을 해야 하는지, 내가 바라는 목표는 무엇인지를 분명히 알고 있기 때문에 항상 즐겁다. 그리고 좋은 결과까지 도출할 수 있다. 지금부터 가슴이 시키는 대로 살아보자. 그리고 평생 행복해지자.

삶이 힘들다고 생각한다면
책을 읽어라

'시련은 있어도 실패는 없다'는 현대그룹 창업자인 정주영 명예회장님이 남기신 유명한 명언 중 하나다. 그는 1953년 고령교 복구공사를 하면서 엄청난 적자를 봤다고 한다. 당시 전쟁 직후, 인플레이션으로 물가가 120배 상승하고 높은 이자, 그리고 부실한 건설 장비 때문에 공사가 지연되었던 것이다. 그렇지만 정 명예회장님은 "이것은 시련이지, 실패가 아니다. 내가 실패라고 생각하지 않는 한, 이것은 실패가 아니다. 나는 생명이 있는 한 실패는 없다고 생각한다. 내가 살아 있고, 건강한 한, 나한테 시련은 있을지언정 실패는 없다. 낙관하자. 긍정적으로 생각하자"라고 하셨다.

동일한 역경과 시련을 겪어도 성공자와 실패자는 이것을 대하는 태도가 완전히 다르다. 성공자는 그것이 실패라고 생각하지 않는다. 자기 자신이 실패라고 생각하지 않으면 그것은 더 이상 실패가 아니다. 그저 성공으로 가는 과정이다. 그리고 시련에서 깨달음을 얻고, 전화위복의 기회로 생각한다. '안 된다'라는 부정적인 말보다 더 강한 신념과 용기로 다시 일어선다.

반면, 실패자는 역경과 시련에 좌절하고, 항상 안 되는 방향으로 생각한다. 부정적이고 비관적인 생각만 하기 때문에 자신의 성장과 발전을 스스로 차단해버린다. 그리고 세상에 대한 불평과 불만, 증오로 가득하다. 또 세상의 나쁜 에너지를 자신에게 끌어당겨 실패를 피할 수 없게 된다.

시련과 고통은 성공을 향해 가는 과정에서 만나는 일종의 작은 돌부리에 불과하다. 비록 돌부리에 걸려 넘어지더라도 아무 일 없다는 듯이 털고 일어나야 한다. 힘든 일이 있을 때 쿨하게 생각하고 받아들이기가 쉽지는 않다. 그러나 그 작은 어려움 때문에 우리의 소중한 인생을 거기서 멈출 수는 없다.

간절히 바라고 소망하는 그 목표를 향해 나아가면, 성공은 어느새 우리 앞에서 반겨준다. 또 그 시련과 고통의 과정에서 얻은 소중한 깨달음은 우리를 더욱 단단하게 만든다. 깨달음 하나가 나의 삶에 추가되는 것이다. 그로 인해, 나의 가치도 자연스럽게 높아진다.

성공은 항상 실패 다음에 찾아와 우리를 기쁘게 해주는 습성을 가지고 있다. 우리는 성공자가 될 수 있는 충분한 능력이 있다. 어느 누군가가 했다면 나도 할 수 있다는 것을 믿어라.

공병호 선생의 《공병호의 인생강독》에 나오는 글이다.

"'역경은 어떻게 해석하고, 그것에 어떤 의미를 부여할 것인가'는 매우 중요한 문제이고, 이것은 철저히 개개인의 주관적인 판단과 결정에 따라 달라진다. 이번 일은 미래의 더 큰 성장을 위해 반드시 겪어야 하는 일이라고 생각하는 것만으로도 역경은 재기의 발판이자 학습의 과정이 될 수 있다."

모든 사람은 살면서 삶이 힘들다고 느껴지는 순간들을 마주하게 된다. 나 또한 바쁘게 돌아가는 회사 업무에 완전히 에너지가 소진되는 번 아웃(Burn out) 상태를 경험했다.

내가 아침에 사무실로 출근해서 퇴근까지의 일상을 소개하면 다음과 같다. 사무실에 출근하면, 먼저 밤사이 협력사나 관련 부서, 선주사, 기술사, 조선소로부터 도착한 이메일부터 확인한다. 나와 직접 관련된 메일만 남기고, 나머지는 메일 보관 폴더로 옮긴다. 그리고 간단하게 회신할 수 있는 것은 바로 회신한다. 또한, 도면을 확인하거나 기술적인 검토가 필요한 것은 우선순위를 정해서 검토한다.

회사의 공식적인 업무 시작 시간은 아침 8시다. 8시가 조금 넘으면 아침의 고요한 정적을 깨우듯 설계부서 담당자들의 책상 위에 놓인 전화벨이 울리기 시작한다. 내 자리의 전화벨도 마찬가지다. 모두 가공현장, 조립현장, 품질부서, 협력회사 등에서 설계부서의 검토나 확인이 필요한 전화다. 하나같이 모두가 긴급하다고 한다.

전화상으로 문제 상황을 확인하고 간단히 도면 확인으로 끝나는 것도 있지만, 그렇지 않은 문의도 많다. 첫 번째 전화를 끊고 나면 5~10분 후에 또 다른 전화가 다시 온다. 그리고 휴대전화로도 계속 전화가 이어진다. 이런 전화가 오전 내내 숨을 돌릴 틈도 없이 계속된다. 그리고 어떤 문제는 내가 현장 방문을 해서 직접 확인해야 할 때도 있다.

그렇게 오전 시간이 지나고, 점심을 먹으면서도 해결이 되지 않는 현장 문제는 내 머릿속에 계속 남아 있다. 점심을 먹고 자리에 돌아와서도 습관적으로 관련 도면을 보거나 자료를 찾는다.

오후 시간도 오전과 유사하다. 계속해서 전화가 오고, 필요시 현장 방문을 한다. 또는 각종 회의에 참석한다. 이런 회의에 참석하고 나면, 어김없이 설계부서의 인력이 투입되어야 하는 숙제들을 가지고 무거운 마음으로 복귀한다. 그렇게 오후 시간도 정신없이 지나가고, 어느새 퇴근 시간이 된다. 내 몸의 기(氣)가 완전히 빠진다.

밀려 있는 일은 계속해서 뒤로 밀려난다. 일과시간에 처리하지 못한 중요한 일 때문에 퇴근 시간이 지났지만 퇴근할 수 없다. 보통 9시까지 사무실에 남아 있게 된다. 그리고 그 시간까지 남아 있는 주변 동료들과 늦은 저녁을 먹고 퇴근했다.

이런 생활이 무한 반복되다 보니 체중도 정상범위를 넘어섰다. 또한, 일 년에 한 번씩 하는 정기 건강검진을 받으면, 젊은 나이임에도 불구하고 정상수치를 벗어나는 것들이 있었다. 나는 이때부터 건강검진 받는 것이 무서워지기 시작했다.

나는 이렇게 바쁜 것은 설계부서에 있으면 당연하다고 생각했었다. 그리고 설계부서 외에는 문제를 해결할 수 있는 부서가 없다는 생각과 내 분야는 내가 최고라는 자부심으로 업무에 임했다. 그러나 나는 어느 순간 무기력해졌다. 끊임없이 밀려오는 업무는 나 자신을 수동적으로 만들었다. 관련 부서 회의에 가거나 전화통화를 하면 나도 모르게 "안 된다"라는 부정적인 말부터 하고 있었다. 내가 사용하는 말 자체도 어느 때보다 거칠어졌다.

내 마음에 조그마한 여유조차 없다 보니, 내가 마주했던 어려움과 시련을 어떻게 극복해야 할지 몰랐다. 이런 고민은 한동안 지속되었다. 그러다가 나는 우연히 박재희 교수가 쓴 《3분 古典》을 알게 되면서 책을 읽기 시작했다. 《3분 古典》은 비교적 짤막한 형식으로 되어 있어서 누구나 부담 없이 읽을 수 있다. 내가 매일 생활하는 사무실 공간과 조건은 이전과 변함이 없었지만, 책을 읽기 시작하면서 내 마음속에는 작은 여유 공간이 생기는 신기한 경험을 했다. 그리고 나는 책에서 위로를 받았고, 무기력증도 차츰 사라졌다.

우리는 시련과 실패를 바라보는 관점을 바꿀 필요가 있다. 독서는 우리의 내면의식을 바꿔준다. 내면의식이 바뀐다는 것은 부정적인 생각이 긍정적인 생각으로 변화된다는 것이다. 세상을 긍정적으로 볼 수 있게 된다. 나는 독서가 시련과 역경에 대한 관점을 바꿀 수 있는 가장 좋은 방법이라고 생각한다.

독서를 통해 나의 내면의식이 성장하면, '시련과 실패는 나를 성장하게 해준다'라고 긍정적으로 생각할 수 있게 된다. 그러면 모든 것이 이전과 다르게 보일 것이다. 시련과 실패에 굴복하지 않는다면 그것은 더 이상 시련과 실패가 아니다. 성공으로 가는 과정의 일부가 되는 것이다. 성공은 항상 시련과 실패 다음에 오는 것이기 때문이다.

끝으로, 영화 〈역린〉에 소개된 《중용(庸中)》 글귀로 마무리하고자 한다.

'작은 일도 무시하지 않고 최선을 다해야 한다. 작은 일에도 최선을 다하면 정성스럽게 된다. 정성스럽게 되면 겉에 배어 나오고, 겉에 배어 나오면 겉으로 드러나고, 겉으로 드러나면 이

내 밝아지고, 밝아지면 남을 감동시키고, 남을 감동시키면 이내
변하게 되고, 변하면 발전하게 된다. 그러니 오직 세상에서 지
극히 정성을 다하는 사람만이 나와 세상을 변하게 할 수 있는
것이다.'

2장

평범하고
바쁜 사람일수록
독서에 미쳐라

책을 읽다 보면
고민거리가 해결된다

나는 아들 둘과 딸 하나, 삼 남매를 둔 다자녀 가정의 가장이다. 요즘에는 아이 셋 키우는 집이 그렇게 흔하지 않은 것이 현실이다. 아이 셋을 키우는 데 필요한 경제적 비용이 만만치 않기 때문일 것이다. 나의 예쁜 아내는 아이들을 정말 좋아한다. 내가 삼 남매를 두게 된 주요 이유이기도 하다. 나는 아이 둘도 키우기 힘든데 어떻게 셋을 키울 수 있냐며 셋째 아이를 가지는 것에 반대했다. 그리고 아들 둘이 있는데 셋째도 혹시 또 아들이면 어떻게 할 거냐 하는 걱정도 있었다. 그러나 아내는 셋째 아이는 분명히 딸이라며 나를 집요하게 설득했다. 결국 아내의 끈질긴 설득으로 셋째를 가지게 되었다. 그렇게 나는 결혼 6년 만에 아이 셋을 둔 가장이 되었다.

아이 셋이 되고 보니 아이들을 어떻게 하면 잘 키울 수 있을까 고민을 하게 되었다. 누구나 그렇겠지만 부모의 역할을 처음 경험하다 보니 걱정이 되기 시작했다. 어떤 부모가 되어야 하며, 어떻게 하면 아이들이 이 세상을 더 잘 살아가게 해줄 수 있을까 하는 것들이었다. 아이들을 제대로 키워야겠다고 생각했다.

걱정과 불안은 자기 자신이 잘 알지 못하는 문제와 마주할 때 생기는 것이다. 나는 아이 교육법에 관련된 책을 읽어보기 시작했다.

류랑도 작가는 《제대로 키워라》에서 "삶의 태도가 올바르게 갖춰질 수 있도록 부모가 제대로 역할을 다해야 한다. 부모 노릇하기 힘들어진 사회라지만 부모는 코치의 역할을 담당해야 하며, 이를 위해 자녀에게 올바른 방향을 제시하고 동기를 부여해야 한다. 자녀가 삶에 대한 진지한 자세를 갖출 수 있도록 가르치고, 목표와 비전으로 자신의 눈동자를 활활 타오르게 격려하며, 시간과 감정을 잘 관리하고 소통을 원활하게 하는 습관을 길들여줘야 한다"라고 말했다.

아이들에게는 부모가 어떤 삶의 태도를 가지고 살아가고 있는지를 보여주는 것이 가장 좋은 교육이다.

나와 아내는 둘 다 여행을 좋아한다. 아이들에게 많은 것을 보여주고 경험하게 해주고 싶어서 주말이나 휴일에는 어김없이 아이들을 데리고 밖으로 나갔다. 차를 타고 박물관이나 놀이 공원, 어린이 뮤지컬 공연 등을 보러 가기도 하고, 집 근처 공원에 가기도 했다. 행사가 있으면 대부분 참석해서 아이들이 직접 체험해보게 했다.

아내는 구연동화 책을 읽는 데 재주가 있어서 아이들에게 수시로 동화책을 읽어주었다. 특히 잠자기 전에 읽어주면 아이들이 정말 좋아했다. 어떤 때는 책을 읽다가 피곤해서 아내가 먼저 잠드는 경우도 있었다. 그리고 매일 잠자기 전, 아이들에게 그날 있었던 일에 대해 스스로 이야기하게 하고, 그것에 대해 긍정적인 말을 해주었다. 아마도 이런 부분이 아이들의 정서 발달에 많은 도움이 되었던 것 같다.

나는 책 읽는 모습을 아이들에게 보여주고 싶었다. 책 읽는 아빠의 모습을 보여주며, 책을 읽는 것을 자연스럽게 받아들이도록 하고 싶었다. 당시 나는 새벽 독서를 하면서 어느 정도 독서에 적응했던 시기여서 잘 맞았던 것 같다. 독서하는 부모의 모습은 아이들에게도 도움이 되지만, 동시에 독서하는 부모에게도 도움이 된다. 내가 솔선수범하지 않으면서 다른 사람에게 어떤 일을 하라고 할 수 없는 노릇이다. 이것은 자식을 키우는 가정 교육에서도 예외가 없다.

아이들은 책을 읽으면서 더 큰 세계를 알게 되며, 꿈과 희망을 가진다. 자기 자신이 소중한 존재이며, 부모의 참사랑을 받고 있다고 생각하게 된다. 나는 이른바 밥상머리 교육, 즉 가정 교육이 참 중요하다고 생각한다. 가정에서 교육을 잘 받고 정서적으로 발달한 아이들은 우리 사회를 더 건강하게 만드는 데 도움이 된다. 그리고 더 나아가 우리나라의 발전과 시민의식 성장에도 기여할 수 있다. 아이들 하나하나에 대한 올바른 교육과 보살핌이 중요한 이유가 여기에 있다.

나는 우리 아이들이 높은 자존감으로 꿈과 희망을 가지고 모든 일에 당당하게 도전하는 삶을 살기를 바란다. 이것은 아이들 본인들에게도 중요하지만, 우리 사회의 발전과도 직결되는 중요한 일이기 때문이다. 부모가 책을 읽으며 성실히 살아가는 모습은 아이들에게 그대로 각인된다. 본인과 아이들을 위해서 독서를 시작해보자.

린치핀(Linchpin)은 수레 바퀴가 빠지지 않도록 축에 꽂는 핀을 말한다. 대체할 수 없는 꼭 필요한 것이나 사람을 뜻한다. 회사 조직에서 린치핀은, 단지 조직만을 위해 일하지 않는 사람들이다. 그들은 노동과 임금을 맞바꾸는 데 머물지 않으며, 자신의 넘치는 예술적 재능을 자신이 속한 조직과 세상에 기부하는 사람들이다. 또한, 고객들에게 감동적이고 인상적인 서비스를 제공해 고객이 재차 찾아와 다시 물건을 구매하도록 만든다.

세스 고딘(Seth Godin)은 《린치핀》에서 린치핀은 평범함을 거부하고 차이를 만드는 '예술가'라고 말했다. 예술가들은 자신의 작품에 모든 열정을 쏟아붓는다. 그리고 그냥 잘하는 것이 아니라 창조적인 결과를 만들어내 다른 사람들에게 감동을 선사한다.

나는 이 책을 읽고, 나 자신이 단지 톱니바퀴인지, 아니면 린치핀인지 되돌아보게 되었다. 그리고 어떻게 하면 조직에서 린치핀이 될 수 있을까 고민했다. 우선, 자신의 내면의식을 되돌아볼 필요가 있다. 내면의식에 부정적인 생각을 가지고 있다면, 아무리 노력하더라도 누구도 대체할 수 없는 핵심 존재가 될 수 없다. 왜냐하면, 부정적인 에너지가 자신의 주변을 둘러싸고 있기 때문이다.

린치핀이 되려면, 우선 세상을 긍정적으로 바라보는 습관을 가져야 한다. 그렇게 되면, 긍정적인 에너지가 자신의 주변으로 퍼져나간다. 더 나아가 주변 동료들도 린치핀이 될 수 있도록 만든다.

요즘 블로그나 SNS에 자기 생각을 글로 남기는 사람들이 많다. 회사에서도 보고 시 A4 한 장으로 요약하라고 한다. 자기 생각을 어떤 제약 없이 표현하는 것은 그리 어렵지 않다. 그러나 보고할 내용을 A4 한 장으로 작성해본 사람들은 이것이 얼마나 어려운 일인지 충분히 이해할 것이다. A4 한 장을 넘기지 않기 위해 고민을 거듭해야 한다.

회사생활을 하면서 참 많이도 고민했던 부분이기도 하다. 어떻게 하면 보고 내용을 한 장에 압축할 수 있느냐가 첫 번째 고민이다. 그리고 두 번째는 어떻게 하면 납득과 만족이 아니라 '감동을 줄 수 있는 보고를 할 수 있느냐'다. 보고서가 한 번에 통과되지 못하고 머물러 있으면, 계속해서 수정하고 고민해야 한다. 그리고 이것 때문에 받는 스트레스는 실로 엄청나다.

내가 작성한 보고서가 고객에게 돈을 받고 파는 '서비스'라고 생각한다면, 내가 상사에게 보고하는 문서는 바로 내가 제공하는 나의 가치이며, 나의 상품이다. 상사는 나의 보고서의 고객인 것이다. 고객은 서비스의 질이 좋고 나쁨을 평가한다. 이것은 항상 고객의 몫이다.

보고서 한 장을 준비하더라도, 사전에 상사와 의견 교환을 한다거나, 간단한 구두보고를 통해 상사의 요구와 관점을 반영해서 보고하는 것이 좋다. 핵심 내용이 명확하고, 간결하게 정리되어 있으며, 상대가 명쾌하게 이해할 수 있는 보고서는 상사에 대한 최소한의 예의라고 생각한다. 그러나 대부분의 직장인들은 보고서와 보고의 중요성을 그다지 심각하게 생각하지 않는 것 같다. 하지만 사무실에서의 사소한 보고가 쌓이면, 그것이 자신의 평가나 평판으로 이어진다.

좋은 습관이 몸에 배지 않으면 그 어떤 것에서도 성공할 수 없다. 습관은 일상생활의 작은 조각들이 하나하나 쌓여서 형성된다. 당연한 일은 아무것도 없다. 작은 일도 세심하게 처리하는 습관을 길러야 한다. 위대한 성공은 매일매일의 노력과 좋은 습관이 쌓여 발전해가는 과정이다.

책을 읽으면
행동의 기준이 생긴다

　　이심전심(以心傳心)은 부처가 제자들에게 가르침을 줄 때, 말이나 글이 아닌 마음으로 전했다는 것에서 유래한 말이다. 최기호 교수의《어원을 찾아 떠나는 세계문화여행(아시아 편)》을 보면, 어느 날 석가세존이 제자들을 영취산에 모아놓고 설법을 하는 이야기가 나온다.

　　석가세존이 설법을 하자 하늘에서 꽃비가 내렸고, 세존은 손가락으로 연꽃 한 송이를 말없이 집어 들고 약간 비틀어 보였다. 제자들은 세존의 그 행동을 알 수 없었지만, 가섭만이 그 뜻을 깨닫고 빙그레 웃었다. 그제야 세존도 빙그레 웃으며 "나에게는 정법안장(正法眼藏 : 인간이 원래 갖추고 있는 마음의 덕)과 열반묘심(涅槃妙心 : 번뇌를 벗어나 진리에 도달한 마음), 실상무상(實相無

相 : 불변의 진리), 미묘법문(微妙法門 : 진리를 깨치는 마음), 불립문자 교외별전(不立文字 教外別傳 : 언어나 경전에 따르지 않고 이심전심으로 전하는 오묘한 진리)이 있다. 이것을 너에게 주겠다"라고 가섭에게 말했다. 이렇게 해서 불교의 진수는 가섭에게 전해졌다는 이야기다.

나는 '모든 사람이 이심전심으로 상대방의 마음을 헤아려 행동하면 얼마나 좋을까?'라고 생각해본 적이 많다. 그러나 부부 간에도 이심전심이 잘 통하지 않는다. 비즈니스에서는 더더욱 이심전심으로 되는 일은 아무것도 없다. 사후 발생할 문제를 대비해 서로 이메일이나 계약서 등 근거자료를 보관한다. 업무 관련 문제가 발생하면 관련 공문이나 이메일 등 근거자료를 내놓는다.

이상규 작가는 《식당 부자들》에서 "다른 사람과 함께 살아가기로 결심한 이상 상대방의 입장에서 생각하고, 나를 그에게 맞춰가는 끊임없는 노력이 필요하다. 삶과 사업은 언제나 상식적이고 합리적이어야 한다. 내가 싫은 것은 남도 싫어한다. 하지만 싫은 일도 해야 하기에 내가 솔선수범하는 모습으로 상대방의 참여를 유도해야 한다"라고 말했다. 이런 태도가 있어야 구성원들의 마음을 얻을 수 있을 것이다.

구성원들의 마음이 해수욕장의 모래알처럼 흩어져 있다면, 우선 한데 모아야 한다. 사람의 마음을 얻기 위해서는 상대방과 적극적으로 소통하고, 가고자 하는 방향과 목표도 공유해야 한다. 그 일을 해야 하는 진짜 이유를 알지 못하는 직원은 항상 수동적으로 행동할 수밖에 없다. 그리고 구성원들의 생각과 행동을 이끌어내기 위해, 역지사지(易地思之)의 마음으로 내가 먼저 솔선수범해야 한다. 아무리 좋은 일이라도 구성원들이 하고자 하는 마음과 자발적인 참여가 없다면 성공할 수 없다.

나는 지난해 겨울, 한라산의 멋진 설경을 보기 위해 가족들과 한라산 백록담 등산을 했다. 관음사를 들머리로 해서 성판악으로 하산하는 코스였다. 한라산 등산은 최소 10시간은 소요되는 긴 코스다. 아침 7시 30분에 아이젠, 등산스틱, 방한 장비와 배낭을 메고 등산을 시작했다. 한라산의 멋진 설경과 눈꽃을 보겠다는 마음이 간절했기 때문이다. 우리 가족은 오후 1시 30분에 백록담에 도착했다.

거의 6시간이 소요되었다. 아이들과 다 함께 오르기 위해 보조를 맞추다 보니 다소 늦게 정상에 도착했다. 날씨도 춥고 등산로도 미끄러웠지만, 아이들을 다독이며 올라갔고 마침내 정상에 도착할 수 있었다. 어렵게 정상에 올라온 만큼 그 감동과 희열은 어디에도 비교할 수 없었다. 또한, 우리가 정상에 도착했을 때,

바람은 정말 강하게 불었지만, 구름 한 점 없는 화창한 날씨여서 제주도 바다를 시원하게 볼 수 있었다. 지금도 백록담 정상에서 찍은 사진을 보면서 그날의 즐거웠던 기억을 떠올리곤 한다.

우리 가족의 한라산 겨울 산행도 가족 구성원들의 하고자 하는 마음과 행동이 있었기 때문에 기분 좋게 다녀올 수 있었다.

내가 하기 싫은 일을 남에게 억지로 시켜서 하게 되어도 최선의 결과를 얻을 수 없다. 또 상대방의 입장도 충분히 고려하는 수평적 리더쉽과 구성원 간 '할 수 있다'라는 마음과 성공 이미지를 공유하는 것이 중요하다.

1600년대에 활동했던 스페인의 대표적인 철학자 발타자르 그라시안(Baltasar Gracián)은 《사람을 얻는 지혜》에서 이렇게 이야기하고 있다.

"사람들 대부분은 행운의 여신이 사는 집 앞에서 언젠가는 문이 열릴 거라고 믿으며 가만히 기다린다. 하지만 소수의 지혜로운 사람은 자신감과 확신을 장착하고 용감하게 문을 열고 들어간다. 후자는 용기, 지혜, 배짱에 힘입어 행운을 누리고, 전자는 지나치게 신중한 태도 때문에, 끝까지 행운을 만나지 못한다."

이제까지 나는 어떤 일을 하기 전, 사전에 예상되는 문제점을 점검하고, 실행에 옮기는 매우 신중한 편이었다. 왜냐하면, 내가 회사에서 담당했던 설계업무 특성 때문이다. 설계에서 선 하나, 숫자 하나 잘못 작성해서 그대로 현장에 배포될 경우, 최종 가공된 부품이나 조립부품은 설계 도면과 똑같이 반영된다. 생각만 해도 너무나 소름 돋는 일이다. 그리고 사후 수정 작업이 필요할 경우, 현장에서는 10배 이상의 복구 노력이 필요하다.

사후에 문제 발생 시, 후속 공정의 지연은 물론, 수정을 위해 투입되는 에너지와 현장 시간이 너무나 크다. 그리고 설계 담당자들이 문제 해결 과정에서 겪게 되는 일들로 영혼이 탈탈 털리는 경험을 하기도 한다. 그러다 보니 치수 변경에 따른 주변 부품의 영향 검토 및 부품 간 상호체크를 철저히 해야 한다.

나는 이 업무를 하기 전까지는 전혀 꼼꼼한 사람이 아니었다. 그러나 이런 업무 습관이 자연스럽게 몸에 배어, 나는 내 의지와 상관없이 꼼꼼한 사람이 되었다. 만약 여러분들이 행운의 여신의 집 문을 열고 들어갈 용기만 있다면, 신중한 업무 처리가 결코 나쁜 것도 아니다. 그렇지만 생각만 하고 행동으로 옮길 용기가 없다면 그 어떤 것도 이루어지지 않는다. 용기 있는 소수의 지혜로운 사람들이 서 있는 자리에 여러분들이 서 있기를 기대해본다. 우리는 항상 세상의 모든 좋은 운을 끌어당기는 사람이기 때문이다.

자, 이제 여러분은 행운의 여신을 맞이할 준비가 되었는가? 여러분의 가슴을 뛰게 하는 꿈을 향해 당당하게 문을 열어보자. 당신은 어디로 가야 할지, 어디로 가고 있는지를 정확히 알고 있다. 모든 에너지를 여기에 집중하면 된다. 그리고 끊임없이 자신의 열정을 쏟아부어보자.

톨스토이(Leo Tolstoy)는 《사람은 무엇으로 사는가?》에서 가장 적당한 시기란 오로지 '지금, 이 순간'뿐이며, 가장 필요한 사람은 '지금 당신 앞에 있는 바로 그 사람'이며, 가장 중요한 일이란 '타인에게 선행을 베푸는 일'이라고 했다.

당장 자신의 가슴을 뛰게 하는 일을 행동으로 옮겨보자. 지금 아니면 언제 하겠는가? 행동하는 순간, 성공은 어느새 여러분 앞에 다가와 있게 된다. 경제적 자유와 시간적 자유, 두 가지를 모두 가진 부와 풍요를 누리는 사람이 되어보자.

책을 읽으면 세상에
관심이 생기고 관찰력이 생긴다

　　행복한 사람들의 프레임과 그렇지 않은 사람들이 가지고 있는 프레임의 차이를 알고 있는가? 프레임은 '우리가 세상을 바라보는 방식이나 관점'을 말한다. 즉, 나의 무의식 속에 굳건히 자리를 잡고, 내가 지금 하는 생각과 행동을 결정하며, 더 나아가 나의 미래를 결정하는 역할을 한다.

　당신은 어떤 프레임을 가지고 일상을 살아가고 있는지 곰곰이 생각해보자. "나는 지금 세계 최고의 선박 엔진을 설계(or 생산)하고 있어요"라고 말한다면, 당신은 상위 수준의 프레임을 가지고 있는 것이다. 반면 "나는 위에서 시켜서 그냥 하고 있어요"라거나 "내가 무슨 부귀영화를 누리겠다고 이러고 있는지 모르겠어요"라고 말한다면, 당신은 하위 수준 프레임을 가지고 있는 것이다.

최인철 교수는《프레임》에서 "상위 수준 프레임은 왜 이 일이 필요한지 그 이유와 의미, 목표를 묻는다. 비전을 묻고 이상을 세운다. 그러나 하위 수준의 프레임에서는 그 일을 하기가 쉬운지 어려운지, 시간은 얼마나 걸리는지, 성공 가능성은 얼마나 되는지 등 구체적인 절차부터 묻는다. 그래서 궁극적인 목표나 큰 그림을 놓치고 항상 주변의 이슈들을 좇느라 에너지를 허비하고 만다"라고 말한다.

내가 지금 가지고 있는 프레임은 나의 행복을 결정하는 역할을 한다. 평범한 사람들은 대개 하위 수준 프레임을 가지고 세상을 살아간다. 나도 그랬다. 사무실에 출근하면, 당장 눈앞에 보이는 중요하지 않지만 급한 일을 처리하느라 스트레스를 받았다. 당시 나의 의식 수준은 바닥이었다. 누가 업무적으로 도움을 요청하거나 새로운 업무가 주어지면, 나는 항상 '긍정과 적극' 대신 '부정과 방어'적인 태도를 보였다.

그러나 당시 나는 내가 이런 상태인지 알지 못했다. 그리고 회사에서 실시하는 직원교육에 참석해서 강의를 들어도 그때뿐이었다. 교육에 참석했을 때도 휴대폰으로 업무 관련 전화가 항상 걸려왔다. 몸은 사무실을 떠나 있어도 나는 항상 업무 중이었다.

세상을 보는 프레임을 바꾸는 것은 손바닥 뒤집듯이 할 수 있는 것이 아니다. 마치 거대한 항공모함이 방향을 선회할 때 큰 회전 반경이 필요하듯 시간, 공간과 자신의 노력이 필요하다.

　나는 어느 날, 업무 관련 TFT회의에 참석했다. 항상 개선해야 할 사항의 검토와 업무, 도면 반영은 나의 몫이 되는 회의였다. 그런데 회의 자리에서 동료 선배가 "너는 왜 매사에 부정적이냐?"라는 말을 했다. 그 당시 나는 그 말을 그냥 흘려들었지만, 이런 말은 다른 자리에서도 반복되었다.

　제삼자가 그렇게 말하는 것이 다 맞는 말은 아니지만, 반복된다면 다시 한번 자신을 되돌아봐야 한다. 나는 하위 수준 프레임으로 세상을 보고 있었던 것이다. 나의 업무와 삶에 다시 의미부여를 해야 했다. 내가 할 수 있는 일은 책을 읽어보는 것이었다. 책은 방어적이고 수동적이며 부정적이었던 나를 적극적이고 긍정적인 사람으로 바꿔주었다. 책 몇 권으로 나를 완전하게 바꿀 수는 없지만, 그전보다는 마음이 여유로워지고 행복해질 수 있었다.

　최인철 교수는 "상위 수준의 프레임이야말로 우리가 죽는 순간까지 견지해야 할 삶의 태도이며, 자손에게 물려줘야 할 가장 위대한 유산이다. 자녀들이 의미 중심의 프레임으로 세상을 보도록 한다면, 거액의 재산을 남겨주지 않아도 험한 세상을 거뜬히 이기고도 남을 만큼 훌륭한 유산을 물려주는 것과 다름없다"라고 말했다.

아이들의 잠재의식 속에 상위 수준 프레임 장착을 도와주는 것은 너무나 중요하다. 상위 수준 프레임은 아이들이 부와 풍요를 누리며, 자신의 인생을 살아갈 수 있도록 도와줄 수 있다고 생각한다.

'스스로 품위를 지키고 자기를 존중하는 마음'을 자존감이라고 한다. 자존감이 낮은 사람은 자신을 스스로 중요하게 생각하고, 사랑하는 의도적인 연습이 필요하다. 왜냐하면, 내가 나를 사랑하는 만큼, 남들도 꼭 그만큼만 나를 인정해주기 때문이다. 자존감은 행복한 삶을 살기 위해 반드시 필요한 린치핀이라 생각한다.

박웅현 작가는 《여덟 단어》에서 우리나라 교육은 늘 우리에게 없는 것에 대해 지적하는 반면, 미국 교육은 끊임없는 칭찬으로 학생들의 잠재력을 최대한 끌어낸다고 말했다. 미국 교육은 '네 안에 있는 것은 무엇인가?'를 궁금해한다면, 한국 교육은 '네 안에 무엇을 넣어야 할 것인가?'를 고민하는 것이 가장 큰 차이라고도 했다. 바깥에 기준점을 세워놓고 맞추는 것이 아니라 사람 안에 있는 고유의 무엇을 끌어내는 교육을 이야기한 것이다.

사람은 부정적인 말을 반복해서 듣거나, 그런 환경에 지속해서 노출되면, 스스로를 비하하거나 평가절하하는 경향이 있다.

그리고 다른 사람들이 칭찬하거나 축하를 해줘도 그것을 충분히 즐기거나 받아들이지 못한다. 오히려 남의 옷을 입고 있는 듯 어색하고 불편해진다.

또, 일상생활에서 우리는 자신의 약점과 타인의 강점을 자신의 관점에서 확대해서 인지한다. 그리고 자신의 강점과 남의 약점은 축소해서 인지한다. 그리고 우리는 항상 부족하고, 잘하는 게 없고, 끊임없이 뭔가를 배우고, 채워 넣어야 하는 사람이라고 생각하는 경향이 있다. 자존감이 낮으면, 자신감이 없는 말과 행동, 부정적인 기운이 부지불식간에 외부로 나온다. 나의 내면세계가 외부 세상으로 표출되는 것이다. 자기 스스로가 자신이 하는 일이 잘되지 못하도록 가로막고 있는 셈이다.

왜 우리는 스스로를 제대로 인정하고 평가하지 못하는 걸까? 그것은 성공의 기준이 다른 사람들이 이미 만들어놓은 외부에 있기 때문이다. 외부의 기준을 좇아 따라가기만 하다 보니 항상 만족할 수가 없는 것이다. 외부 기준의 완벽함을 추구하다 보면 언제나 힘들어질 수밖에 없다. 상대와 비교하면서 오는 상대적인 박탈감이 우리 주변을 장악하고 쉽게 놔주지 않는 것이다. 그렇다고 외부 세계와 단절하라는 것은 아니니 균형적인 기준을 갖추는 것이 중요하다.

인생의 답은 독서에 있었다

낮은 자존감과 평범한 인생을 살기 위해 태어난 사람은 없을 것이다. 행복과 불행은 선택의 문제이고, 발견의 대상이라고 한다. 항상 긍정적인 마음(생각)으로 행복만 선택하고, 행복을 발견해보자. 우리의 삶이 더 풍요로워질 것이다. 우리는 충분한 부와 풍요를 함께 누릴 자격이 있다.

당신이 지금 하고 있는 생각과 행동방식은, 조만간 당신 앞에 현실로 나타난다는 사실을 깨닫는 것이 무엇보다 중요하다.

평범하고 바쁜 사람일수록 독서에 미쳐라

시카고 대학은 1890년 석유 재벌 존 D. 록펠러(John Davison Rockefeller)의 기부금으로 설립되었다. 현재 시카고 대학은 세계 최고의 대학 중 하나로 인정받고 있다. 특히 경제학을 비롯한 사회과학 분야에서는 따라올 곳이 없을 정도로 유명하다. 시카고 대학은 세계에서 네 번째로 노벨상 수상자를 많이 배출한 프랑스보다 노벨상 수상자가 많다.

현재 시카고 대학은 누구나 아는 명문대학이지만, 1929년 전까지는 모두가 기피하는 삼류 대학에 불과했다. 그런데 시카고 대학이 이렇게 많은 노벨상 수상자를 배출한 이유는 무엇일까? 그것은 바로 '시카고 플랜' 때문이다. '시카고 플랜'은 1929년 로버트 허친스(Robert Hutchins) 총장이 시카고 대학에 총장으로 부임하면서 도입했다. '시카고 플랜'은 학생들에게 인류의 위대한 지적유산인 철학과 고전 100권을 읽게 하는 프로젝트다. 즉, 학교에서 지정한 고전 100권 읽기를 제대로 하지 않으면, 학생들은 졸업을 하지 못했다.

1929년 시카고 플랜을 실시한 이후, 졸업생들은 90회 이상 노벨상을 수상하게 되었다. 주요 수상자를 보면, 1976년 밀턴 프리드먼(Milton Friedman), 1995년 로버트 루카스 주니어(Robert Lucas Jr), 2000년 제임스 헤크먼(James J. Heckman), 2007년 로저 마이어슨(Roger Myerson), 2013년 유진 파마(Eugene Fama)와 라스 한센(Lars Hansen), 2017년 리차드 탈러(Richard H.Thaler), 2019년 마이클 크레머(Michael Kremer) 등이 있다.

시카고 대학 재학생들은 졸업을 위해서 고전을 읽었지만, 결과적으로 삼류였던 시카고 대학을 일류로 만들었다. 학생들은 위대한 사상가, 철학가, 리더들이 집필한 책을 읽었다. 이는 학생들의 생각과 행동, 그리고 의식을 완벽하게 바꾸고 발전시켰다.

대부분의 사람들은 보통 사람들이 가는, 이미 정해져 있는 성공 패턴을 따른다. 열심히 공부해 좋은 대학에 들어가고, 졸업 후 공무원이 되거나 대기업 직원이 되는 그런 패턴 말이다. 우리는 학교 다닐 때 부모님, 선생님, 그리고 선배들로부터 안정된 직장에 들어가라는 말을 수없이 듣고 자라 대다수의 사람들이 가는 그 길에서 벗어나면 낙오자라고 생각하게 되었다.

　나 역시 그렇게 생각했다. 나는 낙오자가 되지 않기 위해 영어 스펙, 자격증 스펙, 알바 경험 등 각종 스펙을 쌓았다. 그래서 당시 국제통화기금 IMF의 구제 금융을 받고 있던 어려운 시기임에도, 나는 이름만 대면 누구나 다 아는 H중공업에 입사해 20년 이상 사회생활을 했다.

　인생을 되돌아보며 좋았던 점과 아쉬웠던 점을 말해보면, 다음과 같다. 우선 좋았던 점은 첫 번째, 지방대학을 졸업했음에도 불구하고 대기업에 입사해서 부모님을 기쁘게 해드린 것이다. 두 번째, 내가 무슨 일을 하는지 추가적인 설명을 하지 않아도 된다는 점이다. 회사 이름만 말하면 더 이상 추가적인 질문을 받지 않는다. 세 번째, 학교 동기들이나 친구들 모임에 어깨 펴고 나갈 수 있었던 점이다. 네 번째, 아이들이 어릴 때는 내가 매달 받는 안정적인 월급으로 만족하며 생활할 수 있다는 것이다. 다섯 번째, 중소기업에 다니는 사람들과 달리 여러 직장을 이직하지 않아도 된다는 점이다.

　하지만 아쉬웠던 점은 첫 번째, 경제적으로 그렇게 여유롭지 못한 것이다. 20년 이상 회사생활을 하면서 나름대로 재테크를 했지만, 노후 준비를 위한 충분한 여유 자금을 마련하지 못했다. 이 부분이 가장 아쉽다. 아이들이 커가면서 각종 학원비와 생활비, 그리고 대출 이자가 빠져나가고 나면, 여유 자금을 마련하는 데 턱없이 부족하다. 마치 월급은 썰물 빠져나가듯 월급통장을 스쳐 지나가버린다. 회사생활을 하면 매달 꼬박꼬박 들어오는 돈으로 안정적인 생활은 할 수 있지만, 남들이 부러워하는 부자가 되지는 못한다는 것을 빨리 깨달았어야 했다.

두 번째, 평범하게 회사생활을 하며 선배들처럼 정년까지 회사생활을 하는 것도 괜찮다고 생각했다. 그러나 유경험자로서 이것은 정말 착각이다. 직장에 다니고 있는 자체가 나쁜 것은 아니다. 문제는 한평생 직장에 올인하며, 제2의 인생을 제대로 준비하지 못하고 퇴직해야 하는 것이다.

직장에 올인하게 되면, 모든 생각, 행동과 인생계획을 직장이라는 틀 안에 맞춰서 하게 된다. 실제로 퇴직한 선배들은 계약직으로 재취업을 하거나 협력회사에 다시 입사한다. 경제적으로도, 정신적으로도 자유를 누리지 못한다. 회사에 온몸을 바치는 것은 일종의 짝사랑이라고 할 수 있다. 한평생 열렬한 짝사랑만 하다가 성공하지 못하면, 그 배신감과 허탈함은 감당하기 어려워진다.

또한, 회사에서 직책은 한정되어 있다. 연봉도 생각만큼 오르지 않고 정체된다. 돈이 나갈 곳은 많은데, 들어오는 돈은 한정되어 있다. 이런 위기감을 느끼지만, 생각만 할 뿐 구체적으로 실행에 옮기지는 않는다. 마치 끓는 물속의 개구리처럼 말이다.

세 번째, 하루라도 빨리 자기계발을 했어야 한다. 직장에 다니는 동안, 하루라도 빨리 자신의 가치를 높이는 자기계발을 하거나 적극적으로 준비해야 한다. 나 자신도 지금보다 젊은 시절에 선배들로부터 이런 이야기를 많이 들었지만, 어떻게 자기계발을 해야 하는지 몰랐다. 젊은 나이라 그런지 몰라도, 나는 다가올 미래가 그렇게 두렵지 않았다. 이 또한 착각이었다.

만약 자기계발을 어떻게 해야 할지 모르겠으면, 우선 관심 분야의 책을 읽어보기를 권한다. 책을 읽으면 저자의 지식과 경험, 해결법, 깨달음을 얻고 아이디어를 찾아낼 수 있다. 독서는 평범한 사람을 한 단계 상승할 수 있도록 도와준다. 또 다른 방법으로는, 관련 전문가에게 상담을 받아보는 것이다. 혼자서 고민하면 시간만 가고 시행착오만 겪게 된다.

회사는 정년을 보장해주는 조직체가 아니다. 따라서 직장에 다니는 동안 자신의 가치를 높이고, 기쁜 마음으로 회사를 나올 수 있어야 한다.

네 번째, 어느새 꿈은 사라지고 현실만 남아 있다는 점이다. 세상의 모든 것은 변한다. 변하지 않는 것은 없다. 시곗바늘이 움직여 시간이 가는 것도 변화이고, 냇물이 흘러가는 것도 변화다.

회사에서도 시간이 지나면 후배들에게 자리를 양보해줘야 한다. 시대의 트렌드에 맞춰가는 것이 순리다. 자신의 역할이나 입지가 점점 좁아지게 된다. 이전과 같은 자신감도 없어진다. 시간이 지나면 지날수록 더 강한 압박을 느낀다. 더 늦기 전에 결정하고 행동으로 옮길 수 있도록 준비가 필요하다.

독서는 평범한 자신을 비범한 존재로 만들어준다. 평범한 사람들에게 꿈과 희망을 품게 해준다. 직장생활하면서 받는 스트레스를 견뎌낼 수 있는 내공을 만들어준다. 자신의 내면의식을 성장시켜, 세상을 긍정적으로 바라볼 수 있는 여유를 주고 새로운 일에 도전할 때, 실패할 확률을 줄여준다.

우리는 독서를 통해 매일 일신우일신(日新又日新)하는 자신을 만나게 된다. 독서를 하게 되면 가슴이 시키는 일을 찾을 수 있다. 그리고 행동으로 옮길 수 있는 힘을 갖게 된다. 자신의 가치를 높여 경제적인 자유와 시간적인 자유, 둘 다 누리는 삶을 살아보자.

책을 읽을수록
수입이 더 늘어난다

세계적인 부자나 성공한 사람들의 인터뷰나 관련 자료를 읽어보면, 그들의 곁에는 항상 책이 있다. 독서가 습관으로 자리 잡아 생활의 일부가 된 것이다. 그들은 어려서부터 길러진 좋은 습관을 어른이 되어서도 한결같이 유지하고 있다. 바쁜 비즈니스의 일상 속에서도 항상 독서를 하고 있다. 대표적인 인물로 버락 오바마(Barack Obama) 전 대통령, 빌 게이츠(Bill Gates) 회장, 오프라 윈프리(Oprah Gail Winfrey) 쇼 진행자, 워런 버핏(Warren Buffett) 회장, 하워드 슐츠(Howard Schultz) 회장, 손정의 회장, 김승호 회장 등이 있다.

마이크로 소프트 빌 게이츠 회장은 1년에 책 50권 이상을 읽는다. 그리고 1년에 2주간 독서에 몰입할 수 있는 '생각 주간'이

인생의 답은 독서에 있었다

라는 시간을 가진다. "도서관이 지금의 나를 만들었다"라는 말을 하기도 했다. 워런 버핏 또한 하루의 80% 시간을 독서에 쏟으며, "인생을 바꿀 가장 위대한 비책은 독서"라고 말하기도 했다. 오프라 윈프리는 "무엇보다 내가 독서를 가장 사랑하는 이유는, 책 읽기를 통해 더 높은 곳으로 향할 수 있는 능력을 얻을 수 있기 때문이다. 독서는 우리가 계속 위로 올라갈 수 있는 디딤돌이 되어준다"라고 했다.

책은 정말 사람을 성공자, 부자로 만들어줄 수 있을까? 책을 읽는다고 하루아침에 큰 부자가 되거나, 워런 버핏과 같은 위대한 투자자가 될 수 있는 것은 아니다. 하지만 독서를 하지 않고서는 부자가 될 수 없다. 독서를 하게 되면 자본 시장의 본질을 이해할 수 있고, 인간의 심리를 이해할 수 있다. 새로운 신규 사업에 진출할 경우, 잘못된 판단을 막을 수 있고, 투자의 위험을 최소화할 수 있다.

책을 읽지 않고도 다른 사람의 말이나 정보를 듣고 주식이나 부동산에 투자해서 수익을 만들 수 있다. 한두 번은 초심자의 행운이 찾아올 수도 있다. 하지만 제대로 된 준비나 지식이 없는 상태에서 행하는 투자는 실패할 수밖에 없다. 마치 설계도 없이 거대한 빌딩을 짓는 것과 같다. 이렇게 반복된 투자 실패를 경험하게 되면 결국 책을 찾게 되어 있다.

오프라 윈프리는 오직 자신만의 노력으로 3조 원대의 부를 이뤘다. 또, 〈타임〉지가 선정한 '20세기의 위대한 인물', 〈포브스〉지 선정 '세계에서 가장 영향력 있는 인물'이다. 그녀는 1954년 미시시피주에서 흑인 사생아로 태어나, 외할머니의 손에서 불우한 어린 시절을 보냈다.

하지만 그녀는 1986년 하포(Harpo) 프로덕션을 설립해 엄청난 갑부가 되었다. 또한, 자신이 얻은 부와 명성을 세상에 나누는 일에도 열정적이다. 남아프리카 공화국에 설립한 리더십 여학교 등 국경을 넘나드는 자선활동으로 넬슨 만델라(Nelson Mandela)를 비롯한 각국 정상들의 칭송을 받기도 했다. 2013년에는 하버드 대학에서 명예 박사학위를 받았고, 오바마 대통령으로부터 '대통령 자유의 메달'을 수상했다.

그녀가 불우한 어린 시절을 보냈어도 이렇게 엄청난 성공을 거둘 수 있었던 것은 다름 아닌 어린 시절 그녀의 독서습관 때문이다. 그녀는《내가 확실히 아는 것들》에서 "한때 책은 내게 일종의 탈출구 역할을 했다. 지금의 내게 좋은 책을 읽는다는 것은 성스러운 즐거움이며, 내가 원하는 곳이라면 그 어디라도 갈 기회와 다름없다. 독서는 내가 제일 좋아하는 시간 사용법이다. 독서가 우리의 존재를 열어준다는 것을 나는 확실히 안다. 독서는 우리가 자신을 드러내며, 우리의 정신이 흡수할 수 있는 모든 것에 접근할 방법을 선사한다"라고 말했다.

책은 우리에게 통찰력, 지식, 영감과 힘을 준다. 책은 우리를 꿈꾸게 하고, 더 큰 세계로 나아갈 수 있도록 해준다. 나 역시 책을 읽으며 저자의 독특한 통찰력에 감탄하기도 하고, 책이 아니면 접하기 어려운 깨달음을 얻기도 했다. 책은 나의 자존감을 높여주고, 삶의 중심을 잡을 수 있도록 도와준다.

나는 자신이 읽은 책은 하나의 점이라고 생각한다. 점이 모이면 선이 되고, 선이 모이면 면이 된다. 다시 면이 모이면 입체적인 형상이 되듯, 우리의 미래가 점점 현실로 나타나게 된다.

김승호 회장은 한국과 전 세계를 오가며 각종 강연과 수업을 통해 '사장을 가르치는 사장'으로 널리 알려져 있다. 그는 현재 한인 기업 최초 글로벌 외식 그룹인 스노우폭스 그룹(SNOWFOX GROUP)의 회장이다. 2019년 기준 전 세계 11개국에 4,000여 개의 매장과 1만여 명의 직원을 고용하고 있다.

그는 《돈의 속성》에서 자신의 재산을 지키기 위해, 매일 하는 일을 다음과 같이 소개하고 있다. 먼저 아침에 일어나 이메일부터 확인한다. 업무상 요청이나 결재라면 즉시 가부를 결정해서 회신한다. 메일 확인이 끝나면 온라인으로 신문을 본다. 〈뉴욕타임스〉를 시작으로 〈CNN〉을 포함해 4개의 미국 주요 신문과 뉴스 채널을 본다. 그리고 영국으로 가서 3개의 신문을 본다. 이후 러시아와 일본과 중국, 유럽의 주요 신문을 본다. 휴스턴 로

컬 신문과 한국 신문까지 들여다본다. 그러고 나서는 경제 사이트로 옮겨 제일 먼저 Yahoo Finance를 보고, 달러 인덱스 및 연방준비제도 이사회 사이트도 확인한다. 이렇게 하면 2시간 정도 소요된다. 또한, 매일 미국 최대 상업용 부동산 매물 사이트도 챙겨 본다. 이런 정보나 자료를 바탕으로 사업 방향을 정하거나 투자를 결정한다고 한다.

그는 자산을 벌고 모으며 관리하는 일에 관한 한, 누구도 믿지 않고, 오직 자신의 판단을 믿는다. 자신만의 투자 관점과 판단이 흐려지는 것을 막기 위해 매일 이러한 루틴을 따르고 있다.

자수성가한 부자들의 공통된 특징은 바로 독서 습관이다. 부자나 성공자가 되기 위해서는 독서를 해야 한다. 독서는 평범한 사람이 부자의 행동을 따라 할 수 있는 가장 쉬운 방법인 것이다. 즉, 부자로 가는 가장 확실하고 결과가 검증된 방법이다.

부자가 되기 위해서는 우선 자신의 내면의식을 바꿔야 한다. 내면의식을 긍정과 풍요로 가득 채우지 않으면 절대 부자가 될 수 없다. 부자가 되려면, 부자가 가는 길, 즉 부의 추월차선에 올라타야 한다. 부자의 마인드를 내면의식에 장착하고, 부자들의 행동을 그대로 따라 하는 것이다.

지금 당신의 모습과 환경은 과거에 자신 스스로가 대단한 사람이 아니라고 생각한 데서 비롯된 결과다. 현재 자신의 모습에 만족하지 못한다면, 자신이 평소 어떤 생각을 하고 있는지 되돌아볼 필요가 있다. 평범하다고 생각했다면 지금 평범하게 살 것이고, 탁월하다고 생각했다면 현재 탁월한 삶을 살고 있을 것이다. 독서를 통해 나 스스로를 사랑하고 내 삶을 긍정해보자. 독서는 자신의 내면을 부자 의식으로 바꿔준다.

책을 읽으면
삶의 목표가 분명해진다

사람들은 매년 연말이 되면, 지나온 한 해를 돌아보고 다가올 새해 계획을 생각한다. 각자 상황에 맞는 계획을 생각하고 실행하리라 굳게 다짐한다. 예를 들어 다이어트, 금연, 운동, 독서 등 자기계발이 있을 수 있다. 습관이 몸에 배지 않았거나 의지 부족으로, 생각과 달리 실행은 작심삼일로 끝나는 경우가 대부분이다. 하지만 작심삼일을 계속 반복하는 것도 자신이 세웠던 계획을 달성할 수 있는 좋은 방법이다.

여러분들은 대한민국 4대 종주 코스에 대해 들어본 적이 있는가? 그리고 실제로 완주해본 적이 있는가? 산행하는 사람들이라면 무엇을 말하는지 알 것이다. 나는 2022년 6월부터 9월까지 대한민국 4대 종주 코스를 모두 완주했다.

내가 도전했던 코스는 다음과 같다. 첫 번째 코스는 종주 거리 38.9km로, 지리산 화엄사에서 최고봉인 천왕봉을 거쳐 산청군 중산리에 도착하는 코스다. 두 번째 코스는 25.6km로, 설악산 한계령 휴게소에서 출발해 대청봉, 공룡능선, 마등령삼거리, 비선대를 거쳐 설악동 소공원으로 내려오는 코스다. 세 번째 코스는 31.8km로, 덕유산 육십령휴게소를 출발해 남덕유산, 삿갓봉, 그리고 덕유산 최고봉인 향적봉을 지나 무주구천동 탐방지원센터에 이르는 코스다. 마지막으로 네 번째 코스는 25.5km로, 소백산 단양에 있는 죽령휴게소를 출발해 소백산 천문대를 지나, 비로봉과 국망봉을 거쳐 소백산과 태백산이 만나는, 영주시 단산면의 고치령까지다.

종주 산행은 오랜 시간 내 마음속에 간직해오던 버킷리스트 같은 것이었다. 네이버 지식백과에서 버킷리스트를 찾아보면 '죽기 전에 꼭 해보고 싶은 일을 적은 목록'이라고 되어 있다. 높은 곳에 밧줄을 매단 후 양동이 위에 올라가 목에 밧줄을 걸고 나서 양동이를 걷어차는 'kick the bucket'에서 유래한 말이다. 이 용어는 2007년 개봉했던, 잭 니콜슨(Jack Nicholson)과 모건 프리먼(Morgan Freeman) 주연의 할리우드 영화 〈버킷리스트〉 이후 널리 쓰이게 되었다고 한다.

종주 산행을 하려면 철저히 준비해야 한다. 첫 번째, 종주 코스 선택, 목표 지점 통과시간, 배낭 꾸리기, 비상 상황 시 준비물 챙기기 등 철저한 산행 준비가 필요하다. 두 번째, 긴 거리 산행을 감당할 만한 체력과 최상의 컨디션을 유지해야 한다. 마지막으로, 자신의 한계를 뛰어넘어보겠다는 용기와 도전정신이 필요하다.

우선 종주 코스를 선택했다면, 선택한 코스의 각 지점별 예상 통과 시간을 계획해야 한다. 예상통과 시간을 계획하지 않으면, 예상치 못한 상황으로 산행 시간이 길어질 수 있다. 그 결과, 날이 어두워져 위험한 산행이 될 수 있기에 주의해야 한다.

나는 저녁에 유산소 운동을 통해 종주 산행에 필요한 체력을 끌어올렸다. 그리고 무거운 배낭을 메고도 긴 거리를 걸어갈 수 있도록 정신력과 지구력을 향상했다.

나는 종주 산행을 하기 위해 일주일에 3~4일은 퇴근 후 집 근처 수영강변 산책로를 걸었다. 저녁에 수영강변 산책로를 걸으며 보는 주변 야경은 세계 어디에 내놓아도 손색이 없을 정도다. 예를 들어, 영화 전당의 야간 조명, 근처 오피스빌딩의 불빛, LED 조명으로 예쁘게 꾸며진 다리, 그리고 따뜻한 불이 켜진 아파트를 볼 수 있다. 처음 내가 수영강변 산책로를 걸을 때, 걷기보다 휴대전화로 사진을 찍는 데 더 많은 시간을 쏟아부었던 기억이 있다. 나는 매일 5.5km의 거리를 1시간 정도에 걷곤 한다.

인생의 답은 독서에 있었다

종주 산행을 하기 전, '힘든 산행을 내가 과연 해낼 수 있을까?' 하는 걱정과 두려움도 있었다. 그러나 고민만 하고 실행에 옮기지 않으면 평생 할 수 없을 것 같았다. 나의 버킷리스트 중 하나인 종주 산행을 동경과 미련 속에 남겨두고 싶지도 않았다. 그래서 행동으로 옮겼고, 그 결과 나는 내가 원하던, 대한민국 4대 종주 코스를 완주할 수 있었다.

종주 산행을 하기 전, 나는 4대 코스를 완주해야겠다는 명확한 목표가 있었다. 명확한 목표와 철저한 계획하에 실행했다. 독서도 산행과 다르지 않다. 책을 읽을 때는 명확한 목표가 필요하고, 책을 읽고 난 뒤에는 삶의 목표가 더욱 분명해진다.

우선, 독서를 할 때, 여러분들이 선택한 책에서 무엇을 얻고자 하는지 목표가 분명하면, 책의 내용을 쉽게 이해할 수 있다. 책에서 내가 필요로 하는 답을 찾는 데 집중할 수 있어 몰입해서 책을 읽을 수 있다. 일반적으로 책을 읽을 때 우리의 집중력은 시간이 지날수록 떨어진다. 10분 정도 지나면 딴생각을 하거나 하품을 하는 자신을 발견한다.

인간은 본능적으로 변화를 싫어한다. 변화보다는 편한 것과 익숙한 것을 좋아한다. 우리의 뇌도 쉽고 편한 것을 좋아한다. 편안한 상태의 뇌는 독서와 같은 복잡한 사고의 과정을 거부한다. 즉, 어렵고 긴장된 상태가 유지되는 것을 싫어한다. 우리 뇌는 지금 이 순간이 긴장 상태라고 인식하지 않으면 쉽게 집중하지 못한다.

반면 스마트폰, TV나 영화를 볼 때, 우리는 몇 시간이든 집중할 수 있다. 아주 쉽게 완전 몰입 상태에 빠져든다. 이때의 몰입은 즐거움이다. 책과는 쉽게 하나가 되지 못하지만, 스마트폰이나 TV와는 쉽게 하나가 된다.

반복된 독서 습관은 독서 그물망을 촘촘하게 만들어준다. 촘촘해진 그물망은 독서의 질을 한 단계 높여주고, 보다 많은 것을 이해할 수 있게 해준다. 엉성한 그물은 잡는 물고기보다 빠져나가는 물고기들이 당연히 많다. 때로는 삶의 목표나 목적이 뚜렷하게 보이지 않는다. 그러나 실망하지 않아도 된다. 당연히 처음부터 잘할 수는 없다.

세종대왕은 재위(在位) 시 독서로 조선을 다스린 성군이었다. 세종대왕은 아무리 어려운 책이라도 백 번을 반복해서 읽으면 그 뜻이 스스로 나타난다고 했다. 즉 '독서백편의자현(讀書白偏義自見)'을 실천했고, 신하들에게도 집에서 독서를 할 수 있도록 사가독서(賜家讀書) 제도를 시행했다. 세종대왕의 독서 경영은 백성들이 쉽게 글을 읽고 쓸 수 있게 하겠다는 목표를 흔들림 없이 추진할 수 있게 해준 것이라고 생각한다. 그리고 결국 '한글 창제'라는 위대한 업적을 남기게 되었다.

발명왕으로 알려진 에디슨(Edison)도 어린 시절, 책을 가까이 했다. 그는 "나는 도서관의 가장 밑에 있던 책부터 읽기 시작해 책꽂이에 꽂힌 책을 순서대로 읽어나갔다. 그리고 나는 도서관 전체를 읽었다"라고 말했다. 어린 시절의 독서 습관으로 축음기 (전축), 영사기(영화), 실용적 장거리 전화, 백열전구, 전기 냉장 고 등을 발명할 수 있었다. 백열전구의 상용화와 대중화를 위해 수천 번의 실험을 반복한 것은 존경한다는 말로 부족할 것이다.

어린 시절 에디슨의 독서 습관이 수천 번의 실험 끝에 성공한 백열전구 발명에도 영향을 준 것이라고 짐작할 수 있다. 에디슨 은 수천 번의 실패를 실패로 인정하지 않고, 성공을 위한 과정 이라는 긍정적인 생각을 했다. 독서는 어떠한 어려움도 헤쳐나 갈 수 있게 해주는 힘을 가지고 있다.

내가 종주 산행과 독서를 하며 깨달은 점도 이와 같다. 그것은 '나는 할 수 있다'라는 자신감과 긍정적인 생각, 그리고 용기다. 배낭을 메고 목표지점까지 꾸준히 걸어가야 하는 산행과 같이 독서도 정신을 집중하며, 한 걸음씩 앞으로 나아가면 어느새 목 표지점에 도달하게 된다.

내가 느꼈던 산행의 감동을 잊지 않고 오랫동안 간직하고 싶어 꾸준히 글과 영상을 포스팅해오고 있다. 계획했던 종주 코스를 하나씩 완주하는 시간은, 자연이 아낌없이 주는 장엄한 풍경과 깨달음을 얻은 소중한 시간이었다. 그리고 이제 나는 블로그와 유튜브를 통해 종주 산행을 하고 싶어 하는 사람들에게 나의 경험과 노하우, 종주하며 마주했던 멋진 풍경과 깨달음을 공유하고 있다.

책을 읽고 블로그나 SNS에 서평을 남기는 것과 일맥상통한다. 독서를 하고 책이 주는 감동이나 깨달음의 공유도 열심히 하고 있다. 독서도 결국은 공부라서 반복해야 한다. 반복하면 반복 횟수에 비례해서 이해도가 높아지고 기억의 지속 시간이 늘어난다.

뭐든지 처음이 어렵고 어색하기 마련이다. 첫 번째 종주 산행이 어렵고 힘들어도 한번 완주하고 나니, 두 번째와 세 번째는 그렇게 힘들지 않았다. 독서도 마찬가지다. 우리 자신이 독서로 그만큼 성장했다는 증거다. 우리의 내면의식이 성장했다는 것을 알게 된다. 다만, 길을 잃지 않기 위해 목표를 항상 생각하고 가야 한다는 것을 명심하자.

책은 미래를 생각하게 하고 도전하게 해준다

　　대부분의 사람들은 자신의 가슴이 시키는 일보다 그렇지 않은 일을 하는 경우가 더 많다. 현실적인 이유로 가슴보다는 머리(=이성)가 시키는 일을 한다. 그러다 언젠가 '내가 정말 좋아하는 일은 무엇일까?'와 같은 본질적인 물음을 마주하는 날이 찾아온다.

　대부분의 사람들이 평소 이런 질문에 대해서 별로 신경을 쓰지 않고 살아간다. 그러다 막상 이런 질문을 받게 되면 제대로 대답해낼 수가 없다. 그것은 평소에 제대로 자신을 되돌아볼 시간이나 노력을 들이지 않았기 때문이다. 계속 머릿속에서는 그 의문이 맴돌지만, 다시 바쁜 일상 속으로 빠져들고, 이런 질문은 금세 또 잊어버리며 산다. 이런 생활이 끊임없이 반복된다.

세계적인 성악가로 알려진 폴 포츠(Paul Potts)는 2007년 〈브리튼즈 갓 탤런트(Britain's Got Talent)〉의 우승자로 널리 알려진 인물이다. 〈브리튼즈 갓 탤런트〉에 출연할 당시, 그는 36살의 휴대폰 세일즈맨이었다. 폴 포츠의 출연 당시 첫인상은 허름한 정장을 입고, 자신 없어 보이는 표정과 어눌한 말투였다. 심사위원들과 관객들은 그에게 별다른 관심을 보이지 않았고, 시선마저 차가웠다.

그러다 그의 노래가 시작되자 상황은 완전히 바뀌었다. 관객들과 심사위원들을 탄성을 지르며 그의 노래에 집중하기 시작했다. 노래가 끝나자 관객들은 기립박수로 환호했고, 심사위원들은 그에게 극찬을 아끼지 않았다.

그는 어릴 때 외모와 어눌한 말투로 친구들에게 왕따를 당했다. 그럴 때마다 그는 노래를 부르며 괴로움을 달랬다고 한다. 그는 간절히 원하는 가수가 되기 위해 어려운 생활 속에서도 일해서 힘들게 번 돈으로 음악 공부를 했다. 그는 작은 마트에서 일하면서도 오페라 가수의 꿈을 포기하지 않고 오디션을 보러 다녔지만 합격하지 못했다.

폴 포츠는 오페라 성악가가 되리라는 꿈을 가지고 자신의 꿈을 향해 앞으로 나아갔다. 결국, 그는 간절히 바라던 가수가 될 수 있었다. 그의 앞을 막고 있던 벽이 있어도 좌절하지 않았다.

인생의 답은 독서에 있었다

거듭된 오디션 불합격도 그의 간절한 꿈을 막지 못했다. 그는 포기하지 않았기에 실패하지 않았다. 그리고 마침내 그는 정말로 원하던 오페라 가수가 되었다.

평범한 사람들은 실패를 두려워하는 탓에 자신이 하고 싶어 하는 일이 있어도 주저하거나 포기한다. 대개 몇 번의 실패를 경험한 후 완전히 포기하고 다른 길을 찾는다. 언제나 성공은 실패 다음에 찾아온다. 성공하기 위해서는 실패를 먼저 경험하게 되는 것이 일반적이다. 우리는 성공자들의 성공한 모습만 기억한다. 하지만 그들도 수많은 실패를 경험했다는 사실을 간과해서는 안 된다.

우리가 지구별에 온 목적은 평범한 삶을 살기 위해서가 아니다. 지금보다 더 나은 삶을 살고자 한다면, 자신이 진짜 원하는 삶이 무엇인지에 대한 답을 좀 더 적극적으로 구하는 노력이 필요하다. 우리 모두는 천재이고 특별한 존재다. 삶의 본질적인 물음에 제대로 답을 찾을 수 없다면 일단 책을 읽어보자. 그리고 일단 시작해보자. 그러면 자신의 가슴을 뛰게 하고, 설레는 일을 찾을 수 있을 것이다.

2021년에 우연히 김태광 대표코치의 《150억 부자의 부의 추월차선》에 소개된 "성공해야 책을 쓰는 것이 아니라, 책을 써야 성공한다"라는 문장을 접하게 되었다. 나는 이 말에 적극적으로 공감하며, 나의 가치를 높이기 위한 책 쓰기를 하고 있다.

그러나 당시 나는 책을 쓰겠다는 생각을 전혀 하지 않았다. 나의 독서 내공은 아직 부족하다고 생각했기 때문이다. 스스로가 만족하는 수준의 독서 내공을 충분히 쌓은 후 책을 쓰려고 생각했다. 나는 독서 내공을 쌓기 위해, 매일 새벽 독서를 한 후 회사에 출근하며 내 나름의 노력을 기울였다.

2022년 10월 '한국책쓰기강사양성협회(이하 한책협)' 카페에 가입 인사를 남겼다. 나는 나의 현재 상황을 벗어나기 위해, 간절한 마음으로 책 쓰기 과정에 참여하게 되었다.

김태광 대표코치는 과거 온갖 고생을 하며 자수성가한 사업가로 200억 원대의 자산가다. 실제로 어려움을 겪으며 자수성가한 성공자의 성공 노하우를 직접 듣고 그대로 따라 하기만 해도 성공할 수 있다고 한다. 나는 이 말을 굳게 믿고 실천해보려고 한다. 정말 책이 거짓말을 하는 게 아닌지, 내가 직접 확인하고 싶다. 그리고 나도 다른 누군가의 롤모델이 되어 도움을 주고 선한 영향력을 끼치는 멋진 사람이 되고 싶다.

김중근 작가는 《리셋, 유》에서 자신이 진정으로 원하는 것이 무엇인지 찾을 것을 강력히 권하고 있다. 그는 "우리 삶은 확신에 찬 명확한 비전과 목적에 따라 적극적으로 반응하지 않는 한,

결코 완성되지 못한다. 그러므로 어떤 방법을 동원해서라도 자신이 진실로 원하는 일이 무엇인지를 기필코 알아내야 한다. 삶의 진정한 첫 출발이 거기서 이루어지기 때문이다. 아무리 많은 시간이 걸리더라도 고뇌를 통해 결론에 도달해야 한다. 그리고 과감하게 결단해야 한다"라고 말했다.

사람들이 열정적으로 일할 수 있는 두 가지 경우 중 첫 번째는 어떤 일을 주도적으로 할 때이고, 두 번째는 자신이 원하는 것을 직접 만들어내는 창조적인 일을 할 때다. 책 쓰기는 창조적인 생산자의 일이고, 내가 주도적으로 할 수 있는 일이다. 이 두 가지가 결합되고, 여기에 경제적 풍요까지 덤으로 얻을 수 있다면, 멋지고 위대한 인생은 멀리 있지 않다고 생각한다.

《프로페셔널의 조건》을 집필한, 현대 경영학의 창시자 피터 드러커(Peter Drucker)는 3년 또는 4년마다 다른 주제를 선택해서 공부한다고 한다. 그리고 선택한 그 분야에 대해서 3년 정도 공부하면, 그 분야가 어떤 것인지 충분히 이해할 수 있다고 한다. 그렇게 그는 여러 분야의 주제를 바꾸어가며 평생 꾸준히 공부했다. 우리도 더 늦기 전에 진짜 원하는 일을 찾아서 열정을 쏟아붓는다면 부와 풍요를 누릴 수 있을 것이다.

우리는 살아가면서 "항상 긍정적으로 생각하고 감사하는 마음으로 살아야 한다"라는 말을 많이 듣는다. 우리는 이 말이 무슨 뜻인지 알고 있다. 그러나 상대방이나 청중들에게 이 말을 하면서 '왜' 긍정적으로 생각해야 하는지는 잘 이야기해주지 않는 것 같다. 그냥 하라고 하는 것보다는 그 이유를 설명해줘야 상대방의 변화된 행동을 기대할 수 있을 텐데 말이다.

하브 에커(T. Harv Eker)의 《백만장자 시크릿》에는 만약 당신이 불평하는 말을 하거나 부정적인 생각이나 말을 할 경우, 당신은 세상의 모든 나쁜 기운을 빨아들이는 살아 숨 쉬는 '쓰레기 흡입기'가 된다고 한다. 또한, 삶의 쓰레기에 초점을 맞추지 않고 쓰레기를 끌어들이지 않을 때, 삶은 경이로워진다고 한다.

모든 일을 긍정적으로 생각하려면, 의식 성장이 이루어져야 한다. 긍정적으로 생각하면 세상의 모든 것들을 긍정하게 된다. 우리는 그 가능성에 집중하면 된다. 여기에 더해 항상 되는 방향으로 생각하다 보면 그 간절함이 현실로 나타난다. 즉, 모든 것은 자신의 마음(=생각)에 달려 있고, 자신이 생각하는 대로 되기 때문이다. 이제부터 나의 부와 풍요를 위해 '절대 긍정'의 자세로 세상을 보고 도전해보자. 당신의 소망은 반드시 이루어질 것이다.

3장

삶을 성장시키는
독서 기술
7가지

관심 분야나 몸담은 분야의 책을 10권만 사서 읽어라

우리는 새로 나온 최신 전자제품을 구매할 때, 그 제품에 관해 공부를 한다. 온라인에서 정보를 찾아보거나, 오프라인 매장을 찾아가서 그 제품을 실제로 작동시켜보기도 하고, 판매 직원에게 궁금한 점을 묻고 설명을 듣는다. 우리가 이렇게 하는 이유는 무엇일까? 제품을 구입한 후 후회하지 않기 위함이다. 다수의 전자제품 회사에서 만든 유사한 기능을 가진 제품을 나름대로 비교 분석하고, 자기 자신에게 가장 적합한 최상의 제품을 구입하고 싶기 때문이다.

마찬가지로, 우리가 어떤 새로운 일을 시작할 때, 관심 있는 분야의 책을 다독할수록 우리는 시행착오를 줄일 수 있다. 자신의 소중한 시간과 돈도 지킬 수 있는 것이다. 이런 시행착오는 누구나 할 수 있다. 그러나 책을 통해 자신의 부족한 점을 메우고 채우려는 사람은 그리 많지 않은 것이 현실이다.

책 3,000권을 읽고 '장사의 신'이 되었다는 고명환 작가는 이름 앞에 붙는 수식어가 참 많다. 그는 개그맨 겸 영화배우 겸 텔런트 겸 메밀국수와 돼지 갈빗집 CEO 겸 베스트셀러 작가 겸 강사 고명환이라 불린다. 고명환 작가는 네 번의 사업 실패를 경험하고, 책이 시키는 대로 해보기로 했다고 한다.

고명환 작가처럼 당장 3,000권의 책을 읽을 수는 없다. 하지만 자신이 평소 관심이 있었던 주제나, 몸담은 분야의 책을 최소 10권 정도 읽게 되면 그 분야에 대해 좀 더 깊게 알 수 있다. 그 분야의 전문가가 되기 위한 준비라고 하겠다. 책을 읽을 때 뚜렷한 목표를 가지고 있다면, 책에서 얻을 수 있는 것이 많아져 독서 효과가 배가 된다.

책은 성공자들이 자신의 경험을 토대로 집필한 것이다. 그 분야의 선배 성공자들의 실패 사례나 성공 사례를 사전에 알 수 있다면, 같은 실수를 하지 않을 것이다. 동일한 분야의 책을 많이 읽을수록 시행착오를 줄일 수 있다.

책을 읽지 않고 시작했을 때는 온전히 자신이 혼자서 시도하고 경험하고 깨달으면서 일을 진행해야 한다. 이렇게 할 경우,

물리적인 시간이 너무 오래 걸린다. 또한, 일을 시작할 때 소요되는 비용 또한 고스란히 자신이 감당해야 한다.

관심 분야의 책을 읽지 않고 바로 뛰어드는 것은 아무런 준비 없이 맨몸으로 총알이 빗발치는 전투에 참여하는 것이라고 생각한다. 이는 너무나 무모한 일이다. 우리의 소중한 시간과 돈을 무모하게, 그리고 어이없이 실패라는 쓰레기통에 던져 넣어서는 안 된다. 그런 일은 없어야 한다.

성공하면 문제가 되지 않겠지만, 사전 지식이나 자신의 깨달음 없이 누군가의 말만 듣고 시작할 경우, 대부분은 실패를 먼저하게 된다. 설령 성공했다고 하더라도 이러한 성공이 계속해서 일어날 리는 없다. 첫 도전에서 성공하는 것을 '초심자의 행운'이라고 한다. 초심자는 운이 좋아서 성공하는 것이지, 자신의 실력으로 성공한 것이 아니라는 것을 빨리 깨닫는 것이 중요하다.

만유인력의 법칙을 발견한 뉴턴(Isaac Newton)은 18세기 초, 사우스 씨 버블(South Sea Bubble)로 많은 돈을 투자했다가 사우스 씨의 주가가 내려가면서 큰 실패를 경험했다. 처음 사우스 씨(South Sea) 회사의 주식을 샀을 때, 뉴턴은 상당한 수익을 얻었다. 그러나 그가 주식을 팔고 나니, 가격은 계속 상승했다. 뉴턴은 그 주식을 빨리 처분한 것을 후회하기 시작했다.

뉴턴은 거기서 멈췄어야 했다. 만유인력의 법칙을 발견한 천재 뉴턴이었지만, 인간의 본능을 극복하지는 못했다. 결국, 뉴턴은 전 재산을 투자해 그 주식을 더 높은 가격에 샀다. 그런데 뉴턴이 투자한 이후 주식 가격은 계속 내려가기 시작했다. 사우스 씨의 주식 가격은 계속 내려갔으나 뉴턴은 자신이 산 가격을 생각하며 팔지 못하고 기다리다가 결국은 초심자의 행운을 가져다준 가격보다 더 낮은 가격에 주식을 처분했다. 그는 엄청난 손실을 봐야 했다.

뉴턴은 나중에 "나는 우주의 행성 위치는 정확히 계산할 수 있으나, 인간의 광기까지 정확히 계산할 수 없었다"라고 말하며 후회했다. 뉴턴같이 머리가 똑똑한 사람도 주식과 인간 심리에 관해 공부하지 않고 투자했다가 쓰라린 실패를 경험했다.

나는 과거에 금리에 관한 책, 세계 금융의 역사, 주식 투자 및 부동산 관련 책을 집중적으로 읽은 적이 있다. 그러고는 미국 금리 인상이 전 세계 경제에 어떤 영향을 주는지, 미국 달러가 어떻게 기축통화가 될 수 있었는지, 그렇게 잘나가던 일본이 왜 잃어버린 30년을 보내고 있는지, 1998년 아시아 금융위기는 왜 일어나게 되었는지, 2008년 미국의 서브프라임 모기지 사태는 왜 발생하게 되었는지를 알게 되었다. 또한, 주식 투자의 고수들이 쓴 주식 매매의 기술, 가치 투자가 무엇인지, 워런 버핏은 어떻게 투자하는지도 알게 되었다.

인생의 답은 독서에 있었다

동일한 주제의 책을 최소 10권 정도 읽게 되면, 전문가 수준은 아니더라도 해당 분야의 전체적인 흐름을 이해할 수 있다. 처음 1권을 읽을 때는 이해가 되지 않는 부분이 있고, 생소한 용어나 개념들이 있을 수 있다. 그러나 두 번째, 세 번째 책을 읽게 되면 겹치는 사례나 내용, 용어들을 발견하게 된다. 이런 부분은 훑어보는 수준에서 그냥 넘어가도 무방하다.

책에서 저자들이 설명을 위해서 언급하거나 참조했던 또 다른 책을 읽어보면서 더 다양한 사례나 관점도 만날 수 있다. 이렇게 접하는 책이 늘어날수록 그 분야의 지식이 늘어나고 이해수준이 높아지면서 그 분야를 보는 안목도 높아진다.

책을 읽는 속도도 빨라지고, 이해하는 부분도 더 넓어진다. 저자마다 공통된 주장을 할 때도 있고, 다른 관점에서 주장하는 경우도 있다. 공통된 주장은 일반적으로 통용되는 사실인 경우라고 보면 된다. 만약 동일한 사안에 대해 다른 주장을 하는 책을 발견할 경우, 각자의 주장을 추가로 확인할 필요가 있다. 이렇게 추가 확인하는 과정을 통해 좀 더 깊은 이해를 할 수 있다. 또한, 자신만의 관점이나 의견을 가질 수 있다.

《손자병법》에 '지피지기 백전불태(知彼知己百戰不殆)'라는 말이 있다. '적을 알고 나를 알면 백 번 싸워도 위태롭지 않다'라는 말이다. 지피지기(知彼知己)를 위해서는 그 분야의 선배 작가들의 책을 통해 경험담을 사전에 습득하고, 타산지석(他山之石)으로 삼을 필요가 있다.

부와 성공을 이룬 사람들은 그 시대의 변화를 민감하게 읽어내고, 시대가 요구하는 것들을 빠르게 상품화했다. 애플의 스티브 잡스(Steve Jobs), 아마존의 제프 베이조스(Jeff Bezos), 마이크로소프트의 빌 게이츠, 테슬라의 일론 머스크(Elon Musk), 구글의 세르게이 브린(Sergey Brin) 등이 그런 사람들이다.

성공자들이 부를 쌓고 오랫동안 유지할 수 있는 것은 바로 독서의 힘이라고 할 수 있다. 독서를 하지 않았다면 부를 만들 수도 없었을 것이고, 그것을 지켜낼 수도 없었을 것이다. 중요한 결정을 해야 할 시기에 적절한 결정을 하지 못했다면, 지금과 같은 성공은 있을 수 없다.

우선, 자신의 관심 분야의 성공자들이 책을 통해서 공통적으로 말하는 성공 방법을 습득하고, 자기 자신에게도 그대로 적용해보자. 그들을 벤치마킹해서 그대로 따라 해도 최소한 책을 읽지 않는 사람들보다 성공할 확률이 확연히 높다고 할 수 있다. 당장 관심 분야의 책 10권만 사서 읽어보자. 자신의 하고자 하는 일의 성공 확률을 높일 수 있다면 손해 볼 것 없지 않은가.

인생의 답은 독서에 있었다

구체적인 목적을 가지고
독서하라

　　여러분들은 휴대폰을 특정 모델로 바꿔본 경험이 있을 것이다. 그러면, 참 신기하게도 평소에는 무심히 그냥 지나쳤을 법한 길거리 사람들 속에서, 자신이 원하는 특정 모델의 휴대폰이 눈에 들어오는 것을 경험했을 것이다. 이것이 구체적인 목적을 가지고 있을 때 나타나는 현상이다.

　나는 지리산 종주 산행을 계획하면서 이와 유사한 경험을 했다. 나는 2022년 5월과 6월 사이 총 39km 거리의 지리산 종주를 1박 2일에 완주했다. 산청군 중산리에서 시작해서 지리산 천왕봉과 벽소령대피소, 노고단을 경유해 화엄사로 하산하는 종주 코스다.

내가 지리산 종주 산행을 계획하고 실행한 것은, 우연히 어느 블로그에 소개되어 있던 지리산 종주 메달과 종주 인증서를 보게 되면서다. 지리산 종주를 하면서 대피소마다 비치된 종주 스탬프를 종주 인증 수첩에 찍어 구례군에 보내면, 지리산 종주인증 기념 메달과 종주 완주 인증서를 등기로 보내준다는 것이다.

그런데 종주 수첩을 받고 1년 이내에 실시해야 한다는 규정이 있었다. 나는 '과연 1년 이내에 모든 스탬프를 찍을 수 있을까?' 고민을 거듭했다. 그러다 일단 종주 수첩이나 받아두자는 생각으로 구례군 홈페이지를 통해 신청했다. 나중에 알게 되었지만, 종주 인증은 종주 수첩을 받고 2년 이내에 스탬프를 모두 받는 것으로 변경되었다.

온라인으로 신청을 하고 일주일이 지난 시점에 종주 수첩을 받았다. 종주 수첩을 받고 나니, 내 머릿속은 온통 '어떻게 하면 종주 수첩에 스탬프를 모두 찍을 수 있을까?' 하는 생각으로 가득 찼다. 막연하게 생각했던 지리산 종주가 이때부터 '나도 도전해보자' 하는 생각으로 바뀌었다. 생각이 바뀌니 종주 수첩에 스탬프를 찍을 수 있는 다양한 방법을 고민하기 시작했다.

예를 들어, 우선 종주 코스에 대한 고민이다. 들머리를 화엄사로 할 것인지, 아니면 중산리에서 할 것인지, 거림탐방지원센터를 기준으로 두 번에 걸쳐 지리산을 방문할 것인지, 아니면 한

번에 무박 종주를 할 것인지, 1박 2일로 종주를 완료할 것인지 등이다. 그리고 교통편에 대한 고민이다. 자차 이용 시 차를 회수하는 방법, 대중교통을 이용하는 방법(버스 시간 및 노선 찾기) 등 여러 경우의 수를 놓고 이리저리 나름의 전략을 세우기 시작했다. 당시 내가 선택한 방법은 버스를 이용해서 들머리인 중산리탐방지원센터를 출발해, 천왕봉 정상 인증하는 것과 대피소에서 1박을 하는 것이었다.

지리산 종주 산행을 하겠다는 목적과 목표가 분명해지니, 나의 뇌는 한 방향으로 모든 에너지를 집중하기 시작했다. 즉, 지리산 종주를 하겠다는 분명한 목적과 목표가 내게 주어지니, 나의 몸과 마음은 그 방향에만 집중하게 된 것이다. 무엇을 하겠다는 명확한 목적이 있기 때문에 확실한 결과를 얻을 수 있었다.

독서를 할 때도, 반드시 책을 읽는 구체적인 목적이 있어야 한다. 예를 들어, '의미 있는 삶을 살기 위한 방법을 찾겠다!', '행복해지기 위해서는 어떻게 해야 하는가?', '내가 진짜 원하는 꿈을 찾겠다!', '나의 자존감을 높이는 방법을 찾겠다!', '금리가 왜 중요한지를 탐구하고 싶다!' 등이 있을 수 있다. 여러분 자신의 상황이나 여건에 맞는 구체적인 목적을 생각해보기 바란다.

구체적인 목적을 가지고 독서를 하는 것과 그렇지 않은 것은 분명한 차이가 있다. 자신이 읽고 있는 책에서 얻고자 하는 바를 분명하게 인식하고 있다면, 책이 주는 의미는 달라질 것이다. 우리의 뇌는 책 속에서 자신이 얻고자 하는 바를 의식하며, 그것을 찾기 위해 모든 기능을 최대치로 가동시킨다. 자신의 뇌 속의 그물망이 더욱 예민해지고 활성화된다. 그러면 독서의 효과도 크게 나타난다.

자신이 원하는 꿈이나 목표를 종이 위에 쓰고, 원하는 결과에 집중하면 그 일은 반드시 이루어진다고 한다. 종이 위에 쓴다는 것은, 자신이 원하는 목표를 분명히 이루어내겠다는 강한 믿음과 의지를 자신의 내면의식에 각인시키는 것이다. 평소 우리의 마음속에서 생각하고 상상하는 것들이 미래가 되어 나타기 때문이다.

헨리에트 앤 클라우저(Henriette Anne Klauser)는《종이 위의 기적, 쓰면 이루어진다》에서 우리의 마음속 목표가 어떻게 현실로 나타나는지에 대해 이렇게 설명한다.

"미국 본토에서 하와이까지 가는 비행기 대부분은 90퍼센트 정도 항로를 이탈하지만 지속적으로 항로를 교정해간다. 기장은 비행기의 목적지가 하와이라는 점을 인식하고 있기 때문에 비행기가 정해진 항로를 벗어나거나 바람 때문에 항로를 이탈할 때 계기판의 바늘을 점검하고, 기수의 방향을 조정해서 다시 제 궤도로 진입할 수 있다. 목표 달성도 이와 같다. 항상 나침반을 점검하고 자신이 어디로 향하고 있는지 기억할 필요가 있다."

우리는 목표를 향해 나아갈 때 역경을 만나기도 한다. 비록 힘든 일이 있을지라도, 항상 감사의 말과 행동을 해야 한다. 그리고 상대방에게 기분 좋은 말투와 긍정적인 말투를 사용해야 한다. 그것은 결국 자기 자신에게 하는 말과 행동으로 나타나기 때문이다. 또한, 종이 위에 자신이 원하는 꿈이나 목표를 쓰는 일을 멈추지 말아야 한다. 종이 위에 계속 쓰다 보면, 역경은 새로운 해결책이나 방향을 제시해준다. 때로는 그 상황을 전혀 다른 관점에서 볼 수 있게 해주기도 한다.

"생각하는 대로 살지 않으면, 사는 대로 생각하게 된다." 프랑스의 소설가이며 비평가인 폴 보르제(Paul Borghese)가 한 말이다. 자신이 하는 일이나 삶에 여유가 없으면 어느 순간 사는 대로 생각하는 자신을 발견하게 된다. 그러다 보면 매 순간 마주하는 힘겨운 현실이 자기 생각을 지배하게 된다.

생각이 없다는 것은 인생의 꿈과 목표가 없다는 것과 같다. 대부분의 사람들이 자기 생각보다는 타인의 생각과 현재의 주어진 환경을 그대로 받아들이며 산다. 아무리 열심히 살아도 현실은 나아지지 않는다. 어제와 별반 다르지 않은 삶이다. 시간이 갈수록 삶은 공허해지고 자신은 불행하다고 느낀다.

반면, 성공한 사람들은 자신이 생각하는 대로 삶을 산다. 삶의 목적이 무엇인지 잊지 않는다. 꿈과 목표를 향해 항상 긍정적인 방향으로 생각한다. 그들의 인생은 시간이 갈수록 눈부시게 빛이 난다.

부와 성공의 기술은 자신의 내면의식(=잠재의식)에 긍정적인 생각을 가득 채워 의식을 크게 성장시키는 것이다. 자신이 원하는 꿈과 소망을 머릿속에 이미지로 그려 긍정적인 에너지를 끌어당긴다. 자신이 원하는 가슴 뛰는 일을 실제 행동으로 실천하는 것이다. 모든 것은 자기 생각대로 이루어진다는 것을 믿고, 생각이 현실을 창조하는 것이라는 것을 명심하자.

인생의 답은 독서에 있었다

스마트폰을 끄고
책을 읽어라

　　스마트폰은 나와 세상을 연결해주는 소통창구다. 스마트폰으로 할 수 있는 일보다 할 수 없는 일을 찾기가 더 어려울 지경이다. 사람들은 외출할 때, 가장 먼저 스마트폰부터 챙긴다. 스마트폰이 없으면 불안해진다. 스마트폰에는 연락처, 개인 사진, 카드 정보 등 자신의 모든 데이터가 저장되어 있기 때문이다. 다시 말해, 자신의 인생이 스마트폰에 저장되어 있다고 해도 과언이 아니다.

　　2018년 11월 24일에 KT 아현지사 건물 지하의 통신구 연결통로에서 화재가 발생했다. 이 화재로 서울 한강 이북 서부 지역에서 KT 인터넷, 휴대폰 무선통신 등을 이용할 수 없게 되었다. 또한, 일부 대학병원에서는 통신장애가 발생한 초기 2시간 정도의 환자 진료기록이나 촬영 자료가 담긴 전산 차트 시스템이 먹통이 되어 응급실이 폐쇄되기도 했다. 화재사고 인근 가게들도 카드결제를 할 수 없어서 영업을 하지 못했다고 한다. 모든 것이 연결된 세상에서 스마트폰을 끊고 살아보는 것은 전기나 플라스틱 제품 없이 살아보는 것만큼 힘든 일이다.

부산에서 출퇴근할 때 나는 2km 정도 되는 거리를 운동 삼아 두 발로 걸어 다녔다. 최근, 회사가 부산 해운대에서 경기도 성남시 분당으로 사옥을 옮겼다. 나도 회사를 따라 이사를 했고, 매일 지하철을 타고 분당으로 출퇴근을 하고 있다. 출퇴근 시간 지하철에서도 책을 읽는 사람은 거의 없다. 대신 스마트폰으로 영상을 보는 사람이 훨씬 많다.

'국민독서실태 조사 결과 한국인 3명 중 1명, 1년간 책 한 권 안 읽어'

한국인 세 명 중, 한 명은 1년간 책을 단 한 권도 읽지 않는 것으로 조사됐다. 해가 갈수록 독서인구 비중은 더 쪼그라드는 것으로 나타났다. 문화체육관광부와 한국출판연구소가 22일 발표한 '2015년 국민독서 실태조사'에 따르면 성인 독서율은 65.3%, 학생 독서율은 94.9%로 드러났다. 1년간 교과서 참고서 수험서 잡지 만화책을 제외한 일반 도서를 읽은 사람들의 비중을 조사한 결과다.

2013년에 비해 성인은 6.1%, 학생은 1.1% 감소해 비중이 갈수록 줄어들었다. 또 성인의 연평균 독서량은 9.1권으로 같은 기간 0.1권 하락했다. 독서 시간도 평일 22.8분, 주말 25.3분으로 2년 사이 각각 0.7분, 0.5분 줄었다. 성인의 64.9%, 학생의 51.9%는 '스스로의 독서량이 부족하다'라고 느

인생의 답은 독서에 있었다

끼고 있었다.

평소에 책을 충분히 읽지 못하는 이유로는 성인과 학생 모두 '일 또는 공부 때문에 시간이 없어서'라고 답한 비중이 성인 34.6%, 학생 31.8%로 가장 많았고, '책 읽기가 싫고 습관이 들지 않아서'란 답변은 성인 23.2%, 학생 24.1%로 그 뒤를 이었다.

다만 독서자 기준의 평균 독서량은 2013년 12.9권에서 2015년 14.0권으로 오히려 증가했다. 문체부 관계자는 "독서 인구는 줄었지만, 책을 읽는 사람은 더 많은 책을 읽었기 때문"이라고 설명했다.

- 출처 : 김유태 기자, 〈매일경제〉, 2016년 1월 22일자 기사

나는 출근 전이나 퇴근 후 혼자서 독서를 할 때, 가능하면 스마트폰을 끄거나 의도적으로 안 보려고 한다. 책을 읽을 때 스마트폰을 확인하게 되면 집중을 할 수가 없다. 어느 순간 책 대신 스마트폰을 보고 있는 나를 발견하곤 한다. 여러분들도 이런 경험이 많을 것이다.

여러분들 중에 혼자 있는 시간을 무서워하는 사람들도 많을 것이다. 식당에 밥을 먹으러 갈 때(특히 고기를 구워 먹는 식당)나 영화를 보러 갈 때, 그리고 일대일로 누군가를 만나야 할 때 등이 있다.

얼마 전 회사 동료는 코로나 감염으로 7일간 격리를 했다. 격리 기간 중 막창이 너무 먹고 싶어 격리 기간이 끝나자마자 혼자서 막창 잘하는 식당에 가서 소주 한잔하며 맛있게 먹었다고

한다. 사실 나는 아직 혼자서 고기를 구워 먹는 식당에 가본 적은 없다. 좀 더 내공이 필요할지도 모르겠다.

독서는 오로지 자신에게 집중하는 시간이다. 독서는 혼자서 뭔가를 할 수 있는 힘과 생각하는 힘을 길러준다. 특히 새벽 시간은 스마트폰으로 오는 알림이나 카카오톡 메시지로부터 자유로운 시간이기에 혼자서 책을 읽기에 가장 최적의 환경이다. 나는 독서를 통해 세상을 바라보는 나만의 관점도 세울 수 있었다.

심리학자인 서울대 최인철 교수는 《프레임》에서 "한 사람의 언어는 그 사람의 프레임을 결정한다. 따라서 프레임을 바꾸기 위해서 꼭 필요한 일은 언어를 바꿔나가는 것이다. 특히 긍정적인 언어로 말하는 것이 반드시 필요하다"라고 했다. 나는 이 책을 읽고, 나 자신이 평소에 사용하는 언어를 점검해본 후, 깜짝 놀라지 않을 수 없었다. 나는 주로 "짜증 난다", "되는 게 없네"와 같은 말을 사용하고 있었다. 내가 사용하는 단어나 문장들은 대부분 부정적인 것들이었다. 그래서 나는 최대한 긍정적인 생각과 말을 하려고 의도적으로 노력하기도 했다.

여러분들도 자기 자신이 평소 어떤 말을 하는지 한번 셀프 점검을 해보기를 권한다. 그 사람이 하는 말은 그 사람의 내면의식에 있던 생각이 외부로 표현되는 것이다. 즉, 생각이 감정을 낳고, 감정이 행동으로 나오며, 행동이 결과로 나타난다. 지금보다 더 나은 삶을 살기를 원한다면, 평소에 우리가 하는 부정적인 생각과 말을 당장 긍정적인 생각과 말로 바꿀 필요가 있다.

한때 잘나가던 개그맨이었고, 현재는 성공한 사업가로 변신한 고명환 작가는 그의 저서《책을 읽고 매출의 신이 되었다》에서 자기 자신에게 하는 질문을 바꾸라고 조언한다. 부정적인 단어가 포함된 질문을 긍정적인 단어가 포함된 질문으로 바꾸라는 것이다.

그 이유는, 우리가 스스로 자신에게 질문을 던지면 우리 뇌는 반드시 질문에 대답한다고 한다. 예를 들어, "나는 왜 이렇게 우울하지?", "왜 이렇게 힘이 들지?" 하고 질문을 던지면, 우리 뇌는 우울하고 힘들었던 순간들을 찾아 머릿속에 그 영상을 띄워 준다고 한다. 그러면 우리는 더 우울해지고 더 힘들어진다고 한다. 그러니 이제부터라도 모든 질문을 긍정적으로 바꾸는 것을 습관화해보자.

평범한 사람들이 부자가 될 수 있는 방법은, 우선 독서를 하며, 자신의 내면의식을 성장시키는 것이다. 먼저, 내면의식을 긍정적으로 바꾸는 작업을 해야 한다. 독서를 하면 긍정적인 생각, 자기 자신을 사랑하는 자존감, 도전할 수 있는 용기를 얻는다.

기초가 튼튼하지 않은 건물은 언제 무너질지 불안하다. 그러나 책을 통해서 '부자의 사고방식'이라는 튼튼한 기초 위에 세운 건물은 절대 흔들리지 않는다. 오늘도 스마트폰을 끄고 온전히 책에 집중하며 성공을 향해 발걸음을 옮기는 당신을 크게 응원한다. 여기서 부자의 사고방식이란, 마음속에 원하는 것을 생생하게 그리고 상상이 현실이 되고 있다는 믿음과 그것을 실현하겠다는 결의를 놓치지 않는 자세다.

나만의 독서공간을 만들어라

　　내가 주로 책을 읽는 장소는 나의 서재와 집 근처 도서관이다. 나는 결혼을 하면서 아내의 배려 덕분에, 나만의 서재를 갖게 되었다. 나의 서재에 있는 책상과 책꽂이, 그리고 멋진 의자는 신혼살림으로 장만해 지금까지 사용하고 있다.

　서재의 책꽂이에는 그동안 읽어왔던 책들이 가득하다. 나름대로 최대한 비슷한 주제의 책들로 보관을 하려고 한다. 그러나 책에서 접했던 작가들처럼 주제별로 분류되거나 정리가 되어 있는 것은 아니다. 나는 미적 감각이 없다 보니, 나만의 공간을 꾸미거나 하지는 않았다.

　나는 늘 익숙하고 편한 공간에서 책 읽기를 좋아한다. 독서를 하는 동안 만큼은 집중이 흐트러지는 것이 싫기 때문이다. 내

서재는 지극히 책을 읽는 기능적인 성격이 강한 공간이라고 할 수 있다.

책상에는 두 개의 전기 조명 스탠드가 있다. 나는 책을 읽을 때, 방 전체를 밝히는 형광등과 책상 위의 스탠드 조명을 밝게 해둔다. 책에 집중하려는 목적도 있고, 나의 시력을 보호하기 위해서다.

책상 앞 벽면에는 책을 읽으면서 발견한 명언이나 기억해야 할 글귀들을 적어놓은 포스트잇들이 가득하다. 오래전에 붙여둔 것들은 빛이 바래 있기도 하다. 나는 독서하면서 인상 깊은 문장이나 당시 내가 중요하게 생각하던 내용을 책에 표시해두기도 하고 노트에 정리해두기도 한다. 내가 독서하면서 별도로 정리해두었던 문장들은 책을 쓰는 지금 상당히 유용하게 사용하고 있다. 따로 옮겨 적는 데 많은 시간과 노력이 필요했지만, 결과적으로 잘한 것 같다.

책상 앞에 붙여둔 글귀 중에서 나는 《법구경》의 '나를 다스리는 법'과 랄프 왈도 에머슨(Ralph Waldo Emerson)의 '성공이란 무엇인가'를 좋아한다.

먼저, 《법구경》에 나오는 '나를 다스리는 법'은 다음과 같이 시작된다.

나의 행복도 나의 불행도 모두 내 스스로가 짓는 것.

결코 남의 탓이 아니다.

나보다 남을 위하는 일로 복을 짓고,

겸손한 마음으로 덕을 쌓아라.

모든 죄악은 탐욕(貪과) 성냄(瞋과) 어리석음(痴)에서 생기는 것,

늘 참고 적은 것으로 만족하라.

웃는 얼굴, 부드럽고 진실된 말로 남을 대하고,

모든 일은 순리에 따르라.

나의 바른 삶이 나라 위한 길임을 깊이 새길 것이며,

나를 아끼듯 부모를 섬겨라.

웃어른을 공경하고 아랫사람을 사랑할 것이며,

어려운 이웃들에게 따뜻한 정을 베풀어라.

내가 지은 모든 선악의 결과는 반드시 내가 받게 되는 것.

순간순간을 후회 없이 살아라.

선남선녀여, 하루 세 때 나를 돌아보고

남을 미워하기보다는

내가 참회하는 마음으로 살아라.

- 《법구경》

행복과 불행은 선택의 문제이며, 발견의 대상이라고 한다. 시련과 실패를 그대로 인정하고 불행하다고 생각하며 살 것인가? 아니면 성공을 향한 과정이라고 생각할 것인가? 나와 여러분들

은 두 번째를 선택할 것이다. 내가 실패라고 생각하지 않으면 그 실패는 더 이상 실패가 아니다. 항상 긍정적인 마음(생각)으로 행복을 선택하고 행복을 발견해보는 것은 어떨까. 우리의 삶이 더 풍요로워질 것이다.

항상 웃는 얼굴과 긍정적인 생각으로 세상을 바라보는 것이 무엇보다 중요하다. 세상을 긍정하는 것은 정신적·물질적인 자유를 모두 누릴 수 있는 출발점이다. 항상 긍정적인 생각을 하고, '할 수 있다'라고 말하고, 행동하는 것은 부자가 되기 위해 꼭 필요한 전제조건이다. 이것이 없으면 어떤 일을 하든, 어떤 것을 배우든 부자가 되기가 어렵다. 부자가 되는 책을 읽어보면 공통적으로 하는 이야기다.

완전한 성공이란,
자주 환하게 웃는 것,
지혜로운 사람들의 존경을 받고,
아이들의 사랑을 받는 것.
솔직한 비평가들의 칭찬을 받고,
그릇된 친구들의 배신을 견뎌내는 것.
아름다움을 올바로 아는 것,
다른 사람들 안에 있는 최선을 찾아내는 것.
자녀를 건강하게 키우든,

작은 정원을 아름답게 가꾸든,

이웃의 아픔을 치유하든,

무언가 조금이라도 낫게 해놓고 세상을 떠나는 것

당신의 삶으로 인해 누군가는 더 편하게 숨 쉴 수 있다는 사실을 깨닫는 것.

이것이 바로 완전한 성공이다.

- 랄프 왈도 에머슨, '성공이란 무엇인가'

김범수 카카오 창업자도 〈이코노믹리뷰〉 기사에서 창업 초심을 에머슨의 시 구절을 이용해 표현하기도 했다. "태어나기 전보다 세상을 조금이라도 살기 좋은 곳으로 만드는 것, 단 한 사람의 인생이라도 행복해지는 것이 진짜 성공"이라고 했다.

완전한 성공은 항상 자신의 어제보다 발전된 나를 만드는 것이다. 자신을 성장시키면, 자신의 주변을 성장시킬 수 있고, 세상을 더 밝게 만들 수 있다. 이것이 우리가 이 세상에 태어난 이유라고 생각한다.

내 책상 한쪽에는 현재 읽고 있는 책이나 새로 구입한 책, 또는 도서관에서 빌려온 책들이 쌓여 있다. 남들이 보면 정리되지 않은 것처럼 느껴질 수도 있다. 책상 위에 쌓여 있는 책을 보면 빨리 읽어야 한다는 압박감이 느껴지기도 한다. 나는 독서가 주는 매력을 알기 때문에, 책으로부터 느끼는 이런 압박감은 항상 즐겁다. 여러분들도 같이 느껴보기를 권한다.

그렇다면, 독서는 자신의 삶과 인생에 도움이 될까? 나의 대답은 항상 '그렇다'이다. 나는 어려서부터 독서를 즐겼던 사람이 아니다. 그러나 사는 것이 힘들게 느껴지는 순간, 누가 시키지 않아도 나는 책에서 답을 구하고자 했다.

자신이 겪고 있는 힘든 일이나 문제에 대해 직접 경험하고, 거기서 스스로 깨닫는 것이 가장 좋은 방법이다. 그러나 직접 경험을 하는 데는 많은 시간과 시행착오가 필요하다.

하지만 독서를 통해 우리는 수많은 사람의 사례에 대한 해결책을 간접 경험으로 알 수 있다. 시대와 세대를 초월한 수많은 간접 경험은 나의 길을 판단하는 데 올바른 기준을 제시해준다. 그리고 나의 내면을 성장시켜주고 문제를 좀 더 객관적인 시각으로 바라볼 수 있게 해준다. 독서를 통해 내가 성장하면 내가 겪는 문제들은 그렇게 큰 문제가 아닌 것이 된다. 내가 그 문제보다 더 크게 성장했기 때문이다.

독서는 이제까지 내가 인지하지 못했던 것들에 대해 들여다볼 수 있는 능력을 준다. 나는 골프를 배우고 나서 그전까지 보이지 않았던 외부 골프 연습장들이 눈에 들어오기 시작했다. 차를 구입하기 위해서 마음에 둔 차가 있다면, 거리에서 그 차

인생의 답은 독서에 있었다

만 눈에 들어오는 것과 같은 현상이다. 세상에 대한 폭넓은 시각과 깨달음, 내면의 성장을 가능하게 하는 것이 독서다. 독서의 쓸모를 먼저 깨닫고 시작하는 사람이 부와 성공의 길로 먼저 갈 수 있다.

새벽은 책 읽기
가장 좋은 시간이다

나는 주로 새벽 시간에 독서를 한다. 새벽 시간에 일어나는 것이 처음부터 쉬운 일은 아니었다. 처음 독서를 하는 사람들의 경우 독서를 하는 것 자체가 쉽지도 않고, 독서를 하기 위해서 새벽에 일어나야 하는 것도 고역(苦役)이다.

모든 일을 처음부터 잘할 수는 없다. 새롭게 시작하려는 것은 일종의 변화다. 변화는 일정 기간 적응 시간이 필요하다. 한 번, 두 번 하다 보면 그 일에 조금씩 적응하게 된다. 나는 모두가 잠들어 있는 새벽 시간에 일어나 내 책상의 불을 밝힌다. 새벽 시간은 모든 것이 고요하다. 오로지 자기 자신에게 집중할 수 있는 시간이다. 다른 약속이 있는 것도 아니고, 심신이 지친 상태도 아니다. 자기 스스로 방해하지 않는다면, 그 어떤 방해도 받지 않는 시간이다.

나는 어두운 새벽에 책을 읽기 시작해 출근 준비를 하기 전까지 대략 2시간에서 2시간 30분 정도 새벽 독서를 한다. 새벽 독서를 하고 나면, 기분이 좋아진다. 내가 몰입해서 책을 읽었기 때문이다. 기분이 좋아진 상태로 출근 준비를 하고, 간단한 식사를 한 후 가방을 메고 회사로 출근한다. 기분 좋은 상태로 출근하면 발걸음도 가볍고, 모든 것을 긍정하게 된다.

새벽 독서를 하기 전과 후의 나의 변화된 모습은 다음과 같다.
독서를 하기 전에는 출근해서 처리해야 할 업무를 생각하며 무거운 마음으로 출근했다. 오늘 하루도 큰 문제나 돌발 상황이 발생하지 않기를 간절히 바라기도 했다.
독서를 한 이후에는 뭔가 긍정적인 마음으로 회사로 향할 수 있었다. 업무량은 독서를 하기 전과 후가 동일함에도 나 자신과 주변을 긍정적으로 바라볼 수 있는 내면 능력이 향상된 것이다. 내가 독서를 하면서 가장 중요하게 생각했던 부분이기도 하다.

새벽 독서는 내가 책을 처음 읽기 시작한 후 얼마 지나지 않았던 시기부터 시작했다. 내가 고민하고 힘들어했던 것들을 책을 통해서 깨닫고 그 기쁨을 알게 되면서다. 나는 책 읽는 시간을 좀 더 확보하고 싶었고, 집중하고 싶었다. 그래서 찾은 것이 새벽 시간이다.

새벽 시간에는 의외로 많은 것들을 할 수 있다. 독서와 글쓰기를 하기 가장 좋은 시간이다. 회사 일로 지쳐 있는 저녁과 달리 새벽은 에너지를 즐겁게 사용할 수 있다. 아침을 생산적으로 보내면 성취감, 자존감이 생긴다. 누가 시키지 않아도 자발적으로 원하는 일을 했기 때문이다.

새벽 독서는 내가 책에 온전히 집중할 수 있게 해주었다. 나는 뭔가에 집중하면 기분이 좋아진다. 그리고 책을 읽으면서 느끼는 즐거움도 있다. 새벽 독서는 나에게 집중을 통한 즐거움과 독서를 하면서 느끼는 즐거움을 동시에 알게 해주었다.

그런데 우리는 왜 집중하면 즐거움을 느끼는 것일까? 남녀가 처음 만나서 사귀게 될 때를 한번 생각해보면 알 수 있다. 처음 만난 날에는 상대방이 했던 말, 행동, 표정까지 집중한다. 첫 만남 이후 집에 돌아와서도 그 생각은 멈추지 않는다. 상대방이 지금 어디에 있고, 무엇을 하고 있는지 계속 머릿속에 떠오른다. 온통 생각이 그 사람에게 집중되어 있다. 예를 들어, 지금 문자를 보낼까, 전화를 할까, 어떤 말을 하면 좋을까, 다음 약속은 언제로 할까, 다가오는 100일 기념일에는 무엇을 할까 등등이다.

이 모든 것들이 집중하는 행동들이다. 이때의 집중은 즐거움 그 자체다. 또한, 이와 같이 집중하는 행동이 몰입이다.

몰입은 생각과 집중의 강도가 매우 높은 상태를 말한다. 《몰입》의 저자 황농문 교수는 "아프리카 초원을 거닐다가 사자와 마주쳤다고 생각해보라. 이때는 이 위기를 어떻게 빠져나갈까 하는 것 외에는 아무 생각이 없을 것이다. 이 상태가 바로 몰입이다. 몰입 상태에서는 한 가지 목표를 위해 자기가 할 수 있는 최대능력을 발휘하는 비상사태가 발동한다. 자신을 초긴장 상태로 만들어 모든 것을 잊고 오로지 한 가지 일에 집중하기 때문에 잠재된 능력을 최대로 발휘하는 것이다"라고 말했다.

몰입 상태가 되면, 우리 뇌에서는 신경전달 물질인 도파민을 분비한다. 도파민은 뇌를 각성시켜 집중과 주의를 유도하고, 쾌감을 일으킨다. 그리고 삶의 의욕을 솟아나게 하고 창조성을 발휘하게 한다.

집중하면서 우리는 몰입 상태가 된다. 몰입 상태가 되었을 때, 우리 뇌는 도파민을 분비해 즐거움과 상쾌함, 성취감 같은 좋은 감정을 선물로 준다. 독서를 지속하게 되면, 이런 좋은 감정들이 계속 쌓여서 긍정적인 생각을 갖게 된다. 우리의 내면의식이 부정적인 상태에서 긍정적인 상태로 바뀌고, 의식성장이 되는 것이다.

새벽 독서를 습관화하면 삶이 풍요로워지고, 스스로 성장하고 있다는 것을 제대로 느낄 수 있다. 나는 새벽 독서야말로 자신의 과거와 경쟁할 수 있는 가장 좋은 방법이라고 생각한다.

구본형 작가는《나는 이렇게 될 것이다》에서 "자신의 과거와 경쟁하라. 다른 사람과의 경쟁은 언제나 우리를 불편하게 한다. 그러나 자신의 과거와 경쟁하는 것은 적을 만들지 않고, 스스로 나아지는 방식이다"라고 말했다.

우리는 학교에 입학하면서 좋든, 싫든 친구들과 경쟁하기 시작한다. 그리고 학교를 졸업하고 사회에 나와서도 경쟁한다. 공무원이 되거나 대기업에 입사할 때도 시험을 봐서 다른 사람들과의 경쟁을 통과해야 한다. 회사가 어떤 프로젝트에 참여해서 수주할 때도 경쟁은 필수다. 가장 경쟁이 치열한 분야는 스포츠 경기일 것이다. 항상 승자와 패자로 나뉜다.

우리는 항상 다른 사람들과의 경쟁에서 상대적인 우위를 선점하고 싶어 한다. 경쟁에서 이기고 싶은 것은 인간의 생존 본능이다. 건전한 적자생존(適者生存)은 우리 사회와 인류를 성장시키는 역할을 한다.

나는 독서를 하면서 매일 스스로 경쟁하며, 매일 자기 자신을 뛰어 넘는 것이 진정한 승리라고 생각한다. 독서는 과거의 나보다 오늘 조금이라도 더 성장하게 해주는 행위다. 독서는 우리의 삶을 변화시켜준다. 또한, 긍정적인 사람으로 바꿔준다. 책을 통한 간접 경험과 체험을 통한 직접 경험, 이 모든 경험은 나를 성장시키는 배움이라고 생각하자.

살아가면서 우리는 숨 쉴 수 있는 시간과 공간이 필요하다. 잠깐의 여유가 있어야 하는 것이다. 나는 독서와 사색(생각)이 그것이라고 생각한다. 독서는 사막을 헤매다가 발견하는 오아시스 같은 역할을 한다.

처음부터 끝까지 읽어야 한다는
강박관념을 버려라

나는 책을 새로 구입하거나 도서관에서 책을 대여하는 경우, 책의 첫 페이지부터 마지막 페이지까지 모두 읽는다. 그리고 한번 선택한 책은 최소 세 번 읽는다. 왜냐하면, 첫 번째 읽을 때보다 두 번째 읽을 때 책에서 더 많은 것을 얻을 수 있고, 세 번째 읽을 때는 두 번째 읽었을 때 보이지 않았거나 이해되지 않았던 부분까지 눈에 들어오기 때문이다.

나는 책을 읽을 때 먼저 저자 소개, 프롤로그와 책의 목차를 보며, 책 내용을 대략 그려본다. 그 이후 첫 페이지부터 읽어나가기 시작한다. 책을 읽는 동안 책 내용 파악과 내가 고민하고 있는 것에 대한 답을 찾으려고 노력한다.

내가 찾는 답을 발견하거나 마음에 와닿는 좋은 글귀는 밑줄을 치거나 별도의 표시를 한다. 그리고 밑줄 친 부분이나 표시한 부분만 처음부터 끝까지 다시 읽으며, 노트에 필사를 한다. 이렇게 하면, 책과 접촉하는 횟수가 늘어나고, 책에 대해 좀 더 많은 부분을 이해하는 데 도움이 된다.

책은 처음부터 끝까지 읽어야 한다는 것은, 내가 본격적으로 독서를 하면서부터 지금까지 가지고 있던 생각이다. 한 번도 이것에 대해 의심하거나 하지 않았다. 이런 생각 때문에 가끔은 쌓여 있는 책을 보며 부담이 된 적도 있다. 하지만 반복적으로 완독을 해야 어느 부분이 중요한지 판단할 수 있고, 책을 더 잘 이해하고, 내 것으로 만들 수 있다고 생각한다.

대표적인 반복 완독 사례를 한번 보자. 우선, 공자는 죽간으로 만든 《주역》을 가죽끈이 세 번 끊어지도록 읽었다고 한다. 당시에는 종이 대신 죽간에 글을 썼다. '죽간(竹簡)'은 대나무를 길쭉하게 쪼개어 그 위에 글자를 쓰고, 대나무에 구멍을 낸 뒤 가죽끈으로 이어서 묶은 것이다. 공자가 얼마나 《주역》을 소중하게 생각했는지 알 수 있다.

그리고 세종대왕은 앞서 말했듯 독서백편의자현(讀書白偏義自見)을 실천했다. 아무리 어려운 책이라도 백 번을 반복해서 읽게 되면, 그 뜻이 스스로 나타난다고 했다. 이해가 될 때까지 같은 책을 반복해서 읽었다고 한다.

마지막으로 어릴 적 천연두의 후유증으로 천하의 둔재였지만, 자신만의 반복 독서로 한계를 뛰어넘은 김득신이 있다. 김득신은 《사기》에 나오는 '백이전(伯夷傳)'을 1억 1만 3,000번을 읽었다고 한다. 도저히 상상할 수 없는 반복 독서라고 할 수 있겠다. 그 결과 그는 '조선 최고의 문장가'라는 평가를 받게 되었다.

책이 넘쳐나는 요즘과 달리, 책이 귀했던 시절에 선비들은 같은 책을 최소한 수백 번 이상 읽는 것이 기본이었다. 그래야 책이 품고 있는 참뜻을 마음속 깊이 새길 수 있다고 생각했기 때문이다. 책 전체를 통째로 외울 수 있는 수준이 되는 것이다. '사람은 책을 만들고, 책은 사람을 만든다'라는 교보문고를 설립하신 신용호 회장의 말씀이 생각나는 순간이다.

독서를 하는 사람들이 가장 먼저 하는 고민은 '어떻게 하면 독서를 효과적으로 잘할 수 있을까?'이다. 독서를 처음 시작하는 경우, 책을 읽고 이해하는 것은 당연히 느릴 수밖에 없다. 독서를 하면서 책 속에서 저자들이 소개한 책이나 저자의 다른 책들을 읽어보고 싶다는 생각을 한다. 그리고 좀 더 많은 책을 읽어보고 싶어 욕구들이 솟아난다.

책을 잡고 있는 시간이 길어지다 보면, 누구나 자연스럽게 이런 고민을 하게 된다. 즉, 읽고 싶은 책들이 목록 리스트에 추가

되는 속도가 나의 독서 속도보다 훨씬 빨라진다. 다음 책들의 내용이 궁금하지만, 책을 읽고, 울림을 주는 문장들을 옮겨 적고, 생각을 정리하는 데 많은 시간이 소요되기 때문에 당연히 마음이 급해진다.

독서를 하는 방법은 정독과 통독, 속독, 음독 등을 포함해 다양하다. 정독은 책의 뜻을 새기며, 자세히 읽는 것을 말한다. 정독 후 책의 구체적인 내용도 알게 되고, 내용이 머릿속에 잘 정리되는 것이 장점이다. 정독하게 되면 많은 시간이 소요된다. 따라서 모든 책을 정독하는 것은 바람직하지 않다. 여러 번 반복해서 정독해야 하는 책이 있고, 그렇지 않은 책도 있다. 어느 정도 독서를 하고 나면, 상황에 맞게 적절한 판단을 할 수 있게 된다.

통독은 책을 고를 때 훑어보는 형태로 읽는 것이다. 속독은 책의 처음부터 끝까지 빠르게 읽는 것이며, 책의 내용을 대략적인 수준에서 이해할 수 있다. 자신이 정말로 읽고 싶은 책을 고르기 위한 방법으로 적당한 것 같다. 음독은 소리 내서 책을 읽는 것으로, 아이들이 처음 초등학교에 입학해서 책을 읽는 모습을 생각하면 된다. 시간이 지나면서 음독은 자연스럽게 묵독으로 바뀌지만, 책을 가장 잘 이해하는 방법의 하나라고 할 수 있다.

비록 나는 완독을 즐기지만, 그럼에도 우리는 모든 책을 처음부터 마지막 페이지까지 읽어야 한다는 고정된 생각에서 자유로워질 필요가 있다. 책의 모든 내용이 내가 필요로 하는 것이 아닐 수 있기 때문이다. 또, '완독해야 한다'라는 생각은 어느 순간 부담으로 다가올 수 있다. 어렵게 시작한 독서이기에 책을 읽는 것은 즐거워야 한다. 만약 독서가 부담된다면 진정한 독서의 즐거움을 반감시킬 수 있다.

물론, 책에 나와 있는 보다 많은 사례를 접하고, 자신의 상황과 비교해보는 것도 좋은 방법이다. 하지만 그보다 더 좋은 방법은 내가 찾고자 하는 부분만 선택해서 읽고, 그 참뜻을 이해하고 내 생각을 나만의 글로 표현하는 것이다. 그냥 보고 이해하는 것에 그치지 말고, 시간을 내어 일기 쓰듯 내 생각을 글로 표현하는 것이야말로 최고의 독서 방법이라고 하겠다.

나는 책의 내용을 모두 기억하기보다는 한 권의 책에서 단 한 줄만 기억하라고 권하고 싶다. 그 단 한 줄을 자신의 삶에 어떻게 적용할지 생각하고, 실제로 행동하는 것이 더 중요하기 때문이다.

2500년 전 공자께서도 '학이불사즉망 사이불학즉태(學而不思則罔 思而不學則殆)'라고 했다. 즉, '배우고 생각하지 않으면 깨닫고 얻는 것이 없을 것이고, 생각만 하고 배우지 않는다면 위태로워질 것'이라고 했다. 배운 것을 자신만의 관점에서 재해석하고,

인생의 답은 독서에 있었다

자신에게 어떻게 적용할지를 고민하는 것이 무엇보다 중요함을 강조한 것이다. 배우는 행위 자체는 수동적이지만, 그것을 자신의 관점으로 생각하고 고민하는 것은 능동적이다.

수동적인 삶은 자기 생각이 들어 있지 않기에 누군가의 지배를 받는 노예의 삶이다. 반면, 능동적인 삶은 자기 생각과 의지가 필수다. 스스로 생각을 한다는 것은 자신의 삶을 주도적으로 살겠다는 의지가 반영된 것이다. 능동적인 삶은 자기 자신의 주인이 되는 성공자의 삶이라고 하겠다.

자, 이제 자신이 읽고 있는 책에서 단 하나의 문장을 고르고, 자기 생각을 의도적으로 꺼내 글로 표현해보자. 당신의 삶을 더 나아지게 할 방법이다.

질문을 던지며
책을 읽어라

나는 마흔 가까운 늦은 나이에 독서를 시작했다. 그 전까지 책을 가까이하지 않던 사람이 책을 읽어봐야겠다고 생각한 것이다. 당시 내가 독서를 시작한 것은 다름 아닌 스스로 나 자신에게 던진 질문 때문이다. '나는 누구인가?' 그리고 '나는 앞으로 어떻게 살 것인가?'라는 질문이 불현듯 떠오른 것이다.

나의 존재 자체와 나의 소중한 삶에 대한 근본적인 의문들이 내가 독서를 시작한 시발점이 된 셈이다. 그 이후 나는 누가 시키지 않아도 책을 찾아 읽고, 나의 고민에 대한 답을 찾기 시작했다. 아마도 내가 이런 질문을 스스로에게 던지지 못했다면, 나는 아직도 독서를 가까이하지 않았을 것이다. 그리고 독서의 즐거움을 알지 못하고 전과 다름없는 그저 그런 삶을 살고 있을 것이다.

좋은 질문은 나를 생각하게 만들고, 행동하게 만든다. 그럼, 질문은 무엇이고, 질문하는 이유는 무엇일까?

우선, 질문은 내가 가진 고민을 해결하고 싶은 간절함의 표현이다. 간절함이 없다면 스스로 생각할 이유도 없을 것이고, 용기를 내어 질문하지 않을 것이다. 또, 질문은 자신이 알고 싶어하는 것에 대한 적극적인 관심과 자신에 대한 사랑이다. 관심이 없다면 '왜'라는 질문이 나올 수 없다.

나는 독서를 할 때, 항상 내가 고민하는 것, 알고 싶어 하는 것을 염두에 두고 읽는다. 그리고 저자가 제시한 해결책, 즉 '나라면 어떻게 할 것인가?'를 생각하며, 나의 상황에 대입시켜보기도 한다. 책을 읽을 때, 이런 질문이 머릿속에 있는 것과 없는 것은 엄청난 차이가 난다.

학교에 다닐 때, 시험 날 벼락치기 공부를 한 경험이 있을 것이다. 벼락치기 공부를 한 후, 그다음 날 시험을 보고 나면, 머릿속에 남아 있는 것이 아무것도 없었던 경험이 있을 것이다. 단순히 시험공부를 위해 교과서를 암기하듯 책을 읽는 것은 시간 낭비다. 책을 읽고 난 후 자신에게 남는 것이 전혀 없다는 것은 단순히 시간 때우기에 불과하다.

또한, 질문이 없는 독서는 망망대해에서 어디로 가야 할지 몰라 표류하는 배와 같다. 가고자 하는 방향(항구)이 없다는 것은,

자신이 어디로 가야 할지 그리고 자신의 꿈이 무엇인지 정확히 알지 못하기 때문이다.

나침반은 남북을 가리키는 자석의 성질을 이용해 동서남북의 방향을 알려주는 일을 한다. 현재와 같은 GPS가 없던 시절, 나침반은 배가 가야 하는 방향인 침로를 알려주는 가장 중요한 항해 물품이었다. 먼바다를 항해하는 선원이나 탐험가에게는 생명이나 다름없는 존재였던 것이다. 나침반은 자석이라는 희망이 없었다면 그냥 철에 불과하다. 그러나 나침반은 자석을 만나면서 선박들이 망망대해에서 길을 잃지 않도록 해주며, 안전하게 항구에 도착할 수 있도록 방향을 안내해준다.

나의 삶이 지향해야 할 목표가 없는 인생은 바다 한가운데에 떠 있는 갈 곳을 잃은 배와 같다. 어느 순간 자신의 삶이 공허하다고 느끼게 될 것이다. '왜?'라는 질문이 중요한 이유가 여기에 있다. 항상 '왜?'라는 질문을 하게 되면, 그것에 대한 답은 항상 우리의 내면의식에 자리하게 된다. 우리가 찾고자 하는 꿈과 희망, 우연히 찾아오는 기회를 그냥 흘려보내지 않게 된다.

하브루타는 유대인들이 유대교 경전인 《탈무드》를 공부할 때 사용하는 공부 방법으로 나이, 계급, 성별과 관계없이 짝을 이루어 서로 질문을 주고받으면서 논쟁하며 공부하는 유대인들의 전통적인 토론 교육 방법이다. 부모와 교사는 학생들이 마음껏 질문할 수 있는 환경을 만들어주고, 학생들이 스스로 답을 찾을 수 있도록 유도하는 역할을 한다.

하브루타의 핵심은 질문이다. 이대희 목사는 《하루하루 인생의 마지막 날처럼 살아라》에서 "질문은 내가 중심이 되어 공부하는 방법이다. 교사는 나의 공부에 도우미 역할을 한다. 내가 질문한다는 것은 곧 내가 주변 사람들의 관심을 받는다는 것을 의미한다"라고 말하며, 질문 이상 좋은 교육방법은 없다고 했다. 또한, "인간은 계속된 질문을 통해 한 차원 높아진다. 좋은 질문을 하기 위해서는 스스로 공부하고, 많은 생각을 해야 한다. 그렇지 않으면 질문을 할 수 없었다"라고 말하며 질문의 중요성을 강조했다.

질문한다는 것은 배우는 일의 첫걸음이다. 그리고 질문하지 않으면, 아직 배우지 않은 것이라고 한다. 질문은 배우는 일에 능동적으로 참여하는 것이다. 스스로 생각하고, 자신의 에너지를 적극적으로 투입해서 하는 공부는 배움을 온전히 자신의 것으로 만드는 가장 좋은 방법이다.

'왜?'라는 질문을 던지며 책을 읽는 것은 매우 중요하다. 질문을 던진다는 것은 저자의 생각이나 주장을 그대로 수용하기보다 독자 스스로 생각하고 판단할 수 있게 한다. 또한, 저자와의 일대일 대화를 하며 책을 읽을 수 있다. 책에서 자신이 찾고자 하는 답이나 아이디어에 좀 더 집중할 수 있다.

유대인 격언 중에 '한 번 길을 못 찾는 것보다 열 번 길을 묻는 것이 더 낫다'라는 말이 있다. 인생은 시간으로 이루어져 있다. 1분 1초가 모여 나의 하루가 되고, 한 달이 되고, 1년이 된다. 부자나 성공자는 한번 지나가면 되돌릴 수 없는 시간을 줄이는 데 집중한다. 시간과 에너지를 낭비하지 않고, 자신이 가야 할 올바른 방향을 찾기 위해서는 치열하게 질문해야 한다. 질문을 통해 자신이 제대로 살고 있는지 스스로 점검할 수 있다. 또한, 피상적인 답보다 좀 더 진실에 가까운 답을 찾을 가능성이 크다.

자신을 향한 끊임없는 질문으로 우리는 변화할 수 있다. 자신이 스스로 던진 질문에 대한 답을 찾다 보면, 내면의식에 변화가 일어나고, 성장하고 있음을 알게 된다. 자신에게 '왜?'라는 질문을 할 수 있는 커피 한 잔의 여유도 없다면, 평생 자신을 위한 인생을 살지 못한다.

항상 바쁘게만 사는 사람은 '왜?'가 빠져 있는 삶을 사는 사람이며, 자기 생각이 없는 사람이다. 기계적으로, 습관적으로 사는 사람이다. 당신은 매일 바쁘게 다람쥐 쳇바퀴 돌 듯 살려고 태어난 것이 아니다.

독서를 하며, 자신의 삶을 돌아볼 수 있는 여유는 꼭 필요하다. 여기에 자신이 독서를 하면서 찾은 한 문장에 '왜?'라는 질문을 해보라. 그리고 자신만의 생각을 보태어 글로 표현해보라. 그렇게 한다면, 여러분은 최고의 방법으로 독서를 하는 것이다.

다시 한번 더 강조하자면, 지금보다 더 나은 자신의 삶을 원한다면, '왜?'라고 질문하고, 자기 생각을 한 줄이라도 꺼내보는 것은 여러분들의 소중한 삶을 위해 반드시 필요하다.

4장

최소의 노력으로
최대의 성과를 내는
독서법

인상 깊은 문장을 만나면 여백에 생각을 메모하라

책을 읽으면서 내가 고민하고 있던 문제에 대한 답이나 아이디어를 찾게 되면 연필로 밑줄을 치고, 노트에 필사까지 한다. 저자의 번뜩이는 관점이나 깨달음과 만나게 될 때도 마찬가지다. 내가 오랫동안 잊고 살았던 것을 다시 일깨워주는 문장들은 생각하지도 못한 곳에서 은인을 만난 것처럼 행복하다.

서강대 철학과 명예교수인 최진석 교수는 《나는 누구인가?》에서 사람이 죽기 전까지 버려서는 안 될 두 가지가 있다고 말했다. 하나는 자기 자신에 대한 무한 신뢰이며, 다른 하나는 자기 자신에 대한 무한 사랑이다. 이 두 가지를 죽는 순간까지 절대 버려서는 안 된다는 것이다. 이 문장을 보고 나 자신에 대해 깊이 생각했던 기억이 있다.

나는 한동안 잊고 있었던 나 자신을 생각하게 되었다. 당시 나의 자존감과 의식 상태는 매우 부정적이어서 항상 나를 방어하기에 급급했다. 설계부서에 근무할 때, 항상 무슨 일이 일어나지 않을까 하는 걱정과 긴장된 상태로 하루하루를 보냈다. 어떤 때는 사무실 책상 위의 전화벨 소리에 놀라기도 했다.

나 자신을 신뢰하고, 사랑해야 한다는 생각은 전혀 하지 못했다. 책을 읽어야 생각할 수 있고, 생각해야 나의 문제를 발견하고 조처를 할 수 있지만 그게 되지 않았다. 나 자신에 대한 문제 해결은 하지 못한 채, 회사 업무에서 발생하는 외주업체의 가공 문제나 현장 조립부서의 문제 해결에만 몰두하고 있었다. 나 자신을 챙기고 생각할 여유가 없었다.

자신에 대한 무한 신뢰나 무한 사랑은 뚜렷한 삶의 철학이 없으면 지켜나가는 것이 쉽지 않다. 주도적인 인생을 살고자 한다면 자신의 철학, 즉 생각이 정립되어 있어야 한다. 자신의 철학은 자신이 직접 경험해보고 깨달을 수도 있고, 독서를 하며 세상을 보는 자신만의 관점을 만들 수도 있다. 자기 생각이 없으면, 외부의 미풍에도 흔들릴 것이다.

대부분의 사람들은 '자신의 철학이 있는가? 자신이 누구인지 알고 있는가? 스스로에게 투자를 하고 있는가?'라는 질문에 쉽게 답하지 못한다. 이 세 가지 질문에 답하려면, 우선 자기 자신을 되돌아보는 시간이 필요하다. 하지만 우리는 답을 찾는 연습도 되어 있지 않아 여전히 답을 찾기가 쉽지 않다. 구본형 작가는 《일상의 황홀》에서 신입사원 교육에서 했던 강연 내용을 소개하고 있다.

"자신의 철학을 만들어라. 철학이 없으면 앞으로 나타나는 숱한 갈림길을 골라 갈 수 없다. 철학이란 세상과 나에 대한 '나의 생각'이다. 이해(利害)를 따르지 말고 자신의 철학이 길을 밝히는 등불이 되도록 해라. 그리고 자신이 어떤 사람인지 알아내라. 무슨 일을 하든, 자신에게 맞는 방식을 찾아내는 사람만이 차별적 가치를 만들어낼 수 있다."

내가 누구이고 내 삶의 철학(주관)이 무엇인지 정의가 되어야 회사 생활을 잘 할 수 있고, 업무 능률을 올릴 수 있다. 보통은 전제 조건이 충족되지 않은 상태에서 회사가 우선이 되어 살아가고 있다. 하지만 결국, 시간이 흐르면 무엇이 중요한지를 깨닫게 된다.

자기 삶의 철학과 자신이 누구인지를 가장 빨리 아는 방법은 독서를 하는 것이다. 자신의 고민거리에 관한 책을 찾아서 한 권씩 읽어가다 보면 보이지 않던 것들을 볼 수 있게 된다. 물론 전문가의 상담을 받아도 된다. 그러나 나의 내면의식이 성장하지 않으면, 쉽게 흔들리게 된다.

현재 당신의 삶이 힘들고 불행하다고 느껴진다면, 우선 끌어당김의 법칙에 대해 이해하고 실천할 필요가 있다. 론다 번(Rhonda Byrne)은《시크릿》에서 수 세기 동안 전 세계 1%만이 알고 있었던 부와 성공의 비밀인 '끌어당김의 법칙'에 대해 다음과 같이 말했다.

"끌어당김의 법칙은 우리가 잠들기 직전에 한 생각을 계속 되돌려 보낸다. 그러니까 잠들기 전에는 좋은 생각을 하라. 지금 당신이 하는 생각이 앞으로 당신의 삶을 만들어낸다. 당신은 생각으로 삶을 만든다. 항상 생각하니까 항상 창조하는 삶을 사는 셈이다. 당신이 가장 많이 생각하고 집중하는 대상, 바로 그것이 당신 삶에 나타난다."

지금보다 더 나은 삶을 살고자 한다면, 자신이 소망하고 바라는 것만 머릿속에 상상해야 한다. 왜냐하면, 끌어당김의 법칙의 작용으로, 우리가 매 순간 생각(=상상)하는 것들이 우리의 미래가 되기 때문이다.

성공자들의 공통점은 항상 긍정적인 생각을 하고 있다는 것이다. 한마디로 의식 수준이 높다. 의식 수준이 높아서 항상 되는 방법만 생각한다. 그리고 결국에는 성공한다. 성공자들의 인터뷰나 자서전을 보면, '자기 자신이 특별한 존재라기보다는 남들보다 긍정적인 생각을 가지고 행동했을 뿐'이라고 말한다. 각 분야에서의 성공자들은 성공한 분야가 다르지만, 공통적으로 비슷한 성공자의 사고를 하고 있음을 알 수 있다.

인생의 답은 독서에 있었다

책을 읽고 아이디어를
노트에 적어보라

여러분은 자신이 향기로운 꽃이라고 생각해본 적이 있는가? 어릴 적부터 나는 한 번도 나 자신이 향기로운 꽃이라고 생각해본 적이 없었다. 부끄러움도 많았고 남들 앞에서 말도 잘하지 못했다. 남들의 주목이 오히려 부담스럽다고 생각했다. 나는 항상 박수를 받기보다 쳐주는 것에 익숙했다. 자존감도 높지 않았다.

어릴 적, 세상에서 유일하게 나를 지지해주신 분은 지금은 돌아가신 할머니였다. 항상 "잘생겼다", "네가 제일 잘한다"라는 말씀을 해주셨다. 덕분에 나는 겉으로는 "내가 어때서?", "이 정도만 하면 되는 거 아냐?" 이렇게 가족들에게 말하곤 했다. 그렇지만 나의 내면에는 항상 내 자신을 소중하게 생각하지 못했다.

당나라의 임제(臨濟) 선사는 "언제 어디서나 모든 일을 긍정적으로 생각하라. 그러면 그대가 서 있는 자리마다 향기로운 꽃이 피어나리라"라고 말했다. 이 문장을 처음 접했을 때 나는 어둠 속에서 한 줄기의 빛을 발견한 것 같았다. 내가 그토록 찾아왔던 한마디였다. 독서를 하면서, 이제까지 나의 내면에 자리하고 있던 부정적인 생각, 나 자신을 제대로 인정하지 못했던 상태에서 벗어날 수 있었다.

나 자신을 있는 그대로 인정하는 것에서 출발해야 한다. 항상 자신의 내면의식에 긍정 스위치를 켜놔야 한다. 나 자신을 스스로가 받아주지 못하고 사랑하지 못하면, 세상 어느 사람도 당신을 사랑하고 인정해주지 않는다. 내가 나 자신을 사랑하는 만큼만 세상은 여러분들을 인정해주는 법이다.

내가 하는 일에서 최선을 다하는 것이 스스로 향기로운 꽃을 피우는 것이다. 아무리 이름 없는 야생화라고 하더라도 향기로운 꽃을 피워낸 꽃은 더 이상 잡초가 아니다. 사람들은 그 꽃을 보호하려 할 것이다. 물도 주고 주변의 잡초도 제거해줄 것이다. 나는 지금도 이 글귀를 보면 눈물이 난다. 나의 내면에 항상 자리하고 있던 부정적인 생각에서 벗어났기 때문이다.

대부분의 사람들은 자신의 노동소득에 의존해서 생활한다. 다른 수입의 파이프라인을 만들려고 생각하지 않는다. 다른 수입의 파이프라인을 만들겠다고 생각하더라도, 사실 추가적인 수입의 파이프라인을 만들기란 쉽지 않다. 나 역시 지금까지 노동소득 외 다른 수입 파이프라인을 확실하게 만들지 못했다. 나는 나를 위해서 일하는 돈 버는 기계를 마련하지 못했다.

브라운스톤(우석) 작가는 《부의 본능》에서 "빈익빈 부익부 현상이 나타나는 것은 부자들의 착취 때문이 아니라 원래 자본주의가 그러하기 때문이다. 똑같은 시간을 일했지만 똑같은 월급을 받지 못하는 게 억울한 일이 아니다"라고 말했다. 또한, "'돈 버는 기계'를 장만하지 못하면 스스로 '돈 버는 기계'로 전락해야 하는 게 자본주의 게임의 룰이다"라고 덧붙였다. 그러면서 돈 버는 기계가 되지 않기 위해 자본주의 게임의 룰을 이해하라고 조언한다.

자본주의 시장의 게임의 법칙을 모르면, 우리는 평생 자신의 소중한 시간을 들여 돈을 직접 벌어야 하는 돈 버는 기계가 되어야 한다. 이런 상황은 그 누구도 원하는 삶이 아니다. 부자가 되고 싶다면 돈에 대한 긍정적인 생각과 믿음이 있어야 한다. 돈에 대해 부정적인 생각을 가지고 있는 사람은 부자가 되기 어렵다.

만약 여러분이 돈에 대해 부정적인 생각이나 믿음을 가지고 있었다면, 당장 긍정적인 생각과 믿음으로 바꿔야 한다. 우리가 매 순간 상상하는 것들이 우리의 미래가 되기 때문이다. 여러분의 잠재의식 속에 돈에 대한 긍정적인 생각이 자리하고 있다면, 여러분의 잠재의식은 당신을 부자로 만들어줄 것이다. 지금부터라도 바꿔야 한다. 당장 시작하자.

지금 내가 책 쓰기를 하는 이유는 다음과 같다.

첫 번째, 나는 현재 수입의 파이프라인을 다양화하기 위해 책 쓰기를 하고 있다. 앞서도 언급했지만, 2021년에 우연히 '한책협' 김태광 대표님의 책을 통해서 "성공해야 책을 쓰는 것이 아니라 책을 써야 성공한다"라는 말을 알게 되었다. 나는 이 말에 적극적으로 동의한다. 책 쓰기를 통해 나의 가치가 높아지면, 유일한 노동소득 외에 추가적으로 수입을 창출할 수 있다. 책을 통해 저작권료, 즉 자본소득을 만들 수 있다.

두 번째, 나는 빠르게 나의 삶을 바꾸고 싶다. 이를 이루기 위한 가장 좋은 방법은 책 쓰기라고 생각한다. 독자에서 저자의 위치로 이동해야 인생에서 기회를 만날 수 있다. 그 기회가 또 다른 우연을 만들 수도 있다. 누구나 자신의 인생을 지배당하며 살고 싶어 하지는 않을 것이다. 자신의 책을 쓴다면 인생을 주도적으로 살 수 있다.

마지막으로, 삶의 경험, 지혜, 깨달음을 자식들에게 잘 전해주고 싶다. 직접 시간을 내어 말로 전해주기가 쉽지 않을 수도 있을 것이다. 어떤 상황에서는 잔소리가 될 것이다. 또한, 받아들일 준비가 되어 있지 않다면, 인생의 중요한 이야기는 그저 그런 흘러가는 이야기가 될 것이다.

인생의 경험을 통해서 얻게 된 깨달음을 책 쓰기로 풀어낸다면, 자식들과 주변 사람들, 그리고 본인을 알지 못했던 사람들에게까지 소중한 지식과 지혜를 나누는 선한 영향력을 발휘할 수 있을 것이다.

출근 전 독서는
희망찬 하루를 시작하게 해준다

나의 스마트폰 알람 시각은 새벽 4시 30분이다. 나는 새벽 4시 30분에 일어나 독서를 하고 회사에 출근한다. 본격적으로 독서를 하기 시작하면서, 좀 더 독서할 수 있는 시간을 확보하고 싶었다. 생활의 우선순위가 독서가 되면서 자연스럽게 이런 생각을 하게 되었다. 온전히 독서를 할 수 있는 시간은 새벽 시간이었다.

나는 출근 전까지 2시간가량 새벽 독서를 한다. 저녁 시간에 비해 집중이 더 잘 된다. 저녁 시간은 각종 약속이나 예상할 수 없는 돌발 상황 때문에 독서 리듬을 이어가기 힘들다.

나는 새벽 독서를 하기 위해 항상 맞춰놓은 스마트폰 알람 시간에 일어나려고 노력한다. 습관이 되었다 하더라도, 매일 똑같은 컨디션이 아니기 때문에 항상 성공하는 것은 아니다. 어떤 때는 늦잠을 자며 일어나지 못할 때도 있다. 그러나 나는 가능하면 나와의 약속인 새벽 독서를 지키려고 한다.

새벽에 일어나서 먼저 성공 확언을 한다. 나에게 주문을 거는 일종의 나만의 의식인 셈이다. 그런 다음, 본격적으로 책을 읽기 시작한다. 책을 읽으면 점점 정신이 또렷해지고 맑아진다. 또 어떤 강한 울림을 주는 문장이나 사례를 만날지 궁금하기도 하고 설레기도 한다.

나는 항상 귀한 손님을 만나듯 이런 글귀나 아이디어를 만나려고 노력한다. 이런 좋은 글귀나 깨달음을 주는 문장들을 만나면 기분이 좋아진다. 상쾌한 아침의 기운이 나에게 오롯이 전해지는 느낌이다. 새벽 독서를 위해 남들보다 하루를 빨리 시작하기 때문에 마음의 여유가 생긴다. 또한, 오늘 하루 일에 대해 생각을 정리할 수 있어, 출근 후 해야 할 일들을 효율적으로 처리할 수 있다.

나는 독서를 하면서 내가 가지고 있던 부정적인 생각이 긍정적으로 바뀌었다. 독서를 하는 사람이면 누구나 경험하는 현상이다. 세상을 긍정의 프레임으로 보면 좋은 에너지가 발산되며, 자신의 주변을 밝게 만든다. 또한, 이렇게 독서하면 자연스럽게 책에 몰입하게 된다. 때로는, 출근 준비할 시간을 넘기기도 한다.

새벽 독서를 하고 출근하는 길은 발걸음이 가볍고, 좋은 일이 있을 것 같은 기분 좋은 상태다. 나는 출근할 때도 시사 라디오 방송을 듣거나 오디오북을 다운받아 들으며 회사로 향한다. 하루를 기분 좋게 시작할 수 있는 가장 확실한 방법은, 바로 독서로 아침을 시작하는 것이다. 항상 아침의 상쾌한 공기, 좋은 말과 긍정의 에너지가 함께 하기 때문이다.

항상 긍정적인 생각과 말은 자신의 내면의식(잠재의식)에 새겨진다. 나의 내면의식이 외부세계로 표현되어 성공이라는 이름으로 현실이 되어 나타난다. 독서는 인간에게 부와 풍요, 성공을 상상하게 만든다. 책을 읽기 전에는 몰랐던 성공으로 가는 길을 알게 해준다. 이렇게 독서는 성공의 다음 단계를 상상하고 꿈꾸게 해준다. 그냥 책에서 보여주는 성공으로 가는 길을 따라가기만 하면 된다.

《하루 10분 독서의 힘》의 임원화 작가는 몰입 독서를 위해 새벽 4시에 일어난다고 한다. 새벽 4시에 일어나 몰입 독서를 하다 보면 금세 시간이 지나간다고 한다. 이는 24시간을 48시간처럼 사용하기 위함이라고 한다.

　최소 10분 이상의 몰입 독서가 당신을 변화시켜줄 중요한 시작점이다. 하루 10분의 몰입독서가 위대한 하루를 만들어준다. 또한, 독서를 우선순위로 두겠다는 마인드와 하루 10분의 실천이 위대한 자신을 만든다는 믿음을 가지면 절대 어렵지 않다고 한다.

　실제로 새벽 시간에 책을 읽으면 몰입이 잘 되는 것을 알 수 있다. 카카오톡이나 메시지 알림이 현저히 줄어들어 집중이 더 잘 된다. 지금보다 더 나은 삶을 살고자 한다면, 새벽 독서를 실천하라. 새벽 독서를 하겠다는 굳은 의지와 열정만 있다면 하지 못할 것이 없다.

　매일 새벽 4시 30분에 시작되는 독서 열정은 나의 내면의식을 성장시켜준다. 성공자의 마인드를 닮아가는 것이다. 항상 긍정적인 생각과 말을 하며 좋은 에너지를 나에게 끌어당긴다. 나 자신을 사랑하고 인정할 수 있는 힘이 생긴다.

　매일 책 읽기를 실천하다 보면 우리는 자연스럽게 그다음 생각을 한다. 새롭게 도전하고 싶은 일이나 더 큰 나의 꿈을 생각하고 상상한다. 매일 이렇게 쌓인 성취의 기쁨은 당신이 원하는 성공으로 이끌어준다. 이제 식어 있던 우리의 열정을 다시 깨워 불태워보자.

한때 잘나가던 개그맨이었고, 현재는 성공한 사업가, 서민갑부로 변신한 고명환 작가는 그의 저서《이 책은 돈 버는 법에 관한 이야기》에서 도서관에 가는 것 자체가 중요하다고 한다. 또한, 아침에 도서관을 가면 자존감이 높아지고, 창의적인 생각만하게 된다고 한다.

책을 읽는 일이 삶에서 우선순위가 되면 자신의 모든 것들이 독서를 중심으로 자연스럽게 재편된다. 기분 좋은 변화가 시작되는 것이다. 독서를 하고자 마음먹은 사람들에게 이런 변화는 너무나 당연한 모습이다. 혹자는 '정말 그렇게까지 자기 자신이 바뀔 수 있을까' 생각할 것이다. 나는 자신 있게 말할 수 있다. 당신도 충분히 이런 아름다운 변화를 만들 수 있다는 것을 확신한다.

나는 내가 하고 싶은 일에 열정을 가지고 재미있게 하면서, 남들이 부러워하는 부와 풍요를 누리며 성공한 삶을 살고 싶다. 아마 이 책을 읽는 여러분들도 나와 같은 생각일 것이다. 그 출발점은 새벽 독서를 하는 것이다.

먼저, 새벽 독서를 실천하며 희망차게 하루를 시작하자. 두 번째, 자신의 내면의식을 성장시켜 부자의 마인드를 갖도록 하자. 마지막으로, 책을 출간해서 퍼스널 브랜딩을 하자. 누군가 했다면 나도 할 수 있다는 것이라는 것을 항상 명심하자. 평범한 직장인이던 나도 했다. 그럼 당신도 할 수 있다는 말이다.

핵심 문장을 찾고
단 한 줄의 서평이라도 남기자

가끔 책을 읽은 후 내용이 생각나지 않는 경우가 있다. 물론 책 한 권의 모든 내용을 기억할 수는 없다. 독서를 하는 사람이라면 누구나 '자신이 읽고 있는 책을 짧은 시간에 가능하면 많은 것을 기억하고, 핵심 내용을 파악할 수 있으면 얼마나 좋을까?' 하고 생각할 것이다. 그러나 저자가 심혈을 기울여 쓴 책에 대해 단번에 모든 것을 다 이해하고, 내 것으로 만드는 것은 그리 간단한 일이 아니다.

나는 보통 책 한 권을 세 번 정도 반복해서 읽는다. 처음 책을 읽을 때는 대략적인 내용 파악을 하는 수준에 만족한다. 두 번째 읽을 때는 첫 번째보다 더 많은 내용이 눈에 들어온다. 첫 번째 읽었을 때는 밑줄을 긋지 않았던 부분에 추가로 밑줄을 긋기도 한다. 첫 번째 읽을 때는 잘 이해되지 않았던 부분도 이해할 수 있다. 세 번째는 첫 번째와 두 번째 읽을 때 밑줄 친 부분만 다시 읽으며, 핵심 내용과 내가 찾고 있는 답이나 아이디어를 정리한다.

세 번째 재독을 하면서 장별 핵심 문장을 발췌하고, 이 문장들 중에서 책을 관통하는 핵심 문장을 뽑아낸다. 핵심 문장에 대해서는 별도로 내 생각과 느낀 점, 나에게 어떻게 적용할지를 글로 표현한다. 이러한 작업을 통해 때로는 내가 처해 있는 현실이나 상황을 좀 더 객관적으로 바라볼 수 있다.

나는 2012년까지 13년간 대형엔진설계부에서 설계 엔지니어로 근무하다가, 전사자원관리시스템(ERP) 개발 부서로 자리를 옮겨 3년 정도 근무했다. ERP 시스템 개발 부서에 근무 당시 우연히 읽은《답을 내는 조직》에서 김성호 작가는 "'나 하나 변한다고 뭐가 달라지겠냐'고 말하는 사람치고 변화를 행복하게 받아들이는 사람은 없다. 내가 달라지고 내 주위가 조금씩 달라지는 것을 느낄 때, 그런 희망을 버리지 않을 때 마침내 사람 자체가 달라지며 세상이 달라진다. 아름다운 꽃밭도 다 같이 꽃을 피웠기 때문에 만들어지는 것과 같은 맥락이다"라고 말했다. 나는 이 문장에서 큰 감명을 받고 나부터라도 변하기로 결심했다.

ERP 시스템을 전사적으로 도입을 추진하던 부서에 몸담고 있다 보니 자연스럽게 조직의 변화와 혁신에 대해서 관심을 가지고 있었던 시기였다. ERP 시스템을 조직에 도입하는 것은 어느한 조직에서 일방적으로 추진한다고 되는 일이 아니다. 회사의 최고 경영진에서 의지를 가지고 추진해야 하는 회사의 운영 시스템을 완전히 바꾸는 작업이다. ERP를 추진하는 조직에서는 새로운 시스템을 도입하기 위해 최선을 다하지만, 시스템을 실제로 사용해야 하는 현업부서와 담당자들은 이런 변화를 거부한다. 기존에 익숙하게 사용하던 시스템을 버리고 처음부터 다시 배워서 적응해야 하는 시스템을 좋아할 사람은 없다.

각 부문에서 독립적으로 사용하던 기존의 레거시(Legacy) 시스템은 같은 회사 내에서도 데이터의 형식이나 코드가 달라서 다른 부문에서 사용하려면 데이터 가공을 해서 넘겨줘야 하는 문제가 있었다. 물론 데이터를 가공해서 공유해야 하기 때문에 시간도 많이 소요되었다.

반면, ERP 시스템은 하나의 데이터는 한 개의 코드를 가지고 모든 업무 영역에서 공용으로 사용할 수 있게 해주고, 업무 처리 속도 및 효율을 높여주는 장점이 있다. 또한, 회사의 주요 현황을 한눈에 파악할 수 있다. 개별 담당자들이 회사의 업무 시스템 변화를 긍정적으로 받아들이면 좋겠지만, 모든 사람이 한마음인 것은 아니다.

인생의 답은 독서에 있었다

《답을 내는 조직》에서 '나는 나의 자리에서 최선을 다해 일하고, 스스로 아름다운 꽃을 피운다면, 그 사람 주위는 아름다운 꽃밭으로 바뀐다'라는 글귀를 발견했다. 나는 이 책을 다 읽고 내용을 요약한 후, 장별로 핵심 내용에 대해 평소보다 많은 시간을 투자해 내 생각도 정리했다.

그 이후, 나는 일에 대한 자세를 바꾸었다. 나로부터 변화가 주위로 퍼져나가고, 그 변화가 우리 모두를 변화시키는 힘이 있다는 것을 깨닫게 된 것이다. 단순히 행동만 바뀐다고 해서 되는 것이 아니다. 자기 자신의 내면의식을 높여야 가능한 일이다.

서평(書評, Book Review)은 책의 내용과 특징을 소개하거나 책의 가치를 평가하는 글이다. 서평에는 책의 줄거리, 책을 쓴 작가를 소개하는 내용과 책을 읽은 소감, 책의 내용이나 가치에 대한 평가 등이 들어 있다. 반면, 독서 감상문은 책을 읽고 새롭게 알게 된 것이나 가장 기억에 남는 장면, 마음속에 남는 느낌 등을 자유롭게 적은 글이다.

나는 서평을 작성할 때, 최소한의 형식만 갖춰서 작성한다. 형식이 중요한 것이 아니라, 책을 읽은 후 핵심 문장에 대해 자신이 새롭게 깨달은 점이 중요하다. 나의 상황에 비추어 책 내용을 평가하고 내 생각을 표현하면 된다. 어떤 형식이나 내용이라도 상관없다고 생각한다. 자기 생각을 외부로 꺼내어 놓는 일 자체가 중요하다. 즉, 실제 행동으로 옮기는 데 의의가 있다.

공자는 "들은 것은 잊어버리고, 본 것은 기억하고, 직접 해본 것은 이해한다"라고 했다. 행동으로 옮기면 책의 핵심 문장의 의미를 온전히 이해하고, 내 것으로 만들 수 있다. 책의 다른 것은 다 잊어버려도 직접 자기 생각을 서평으로 남긴 것은 오래 기억할 수 있다. 나의 삶에 직접 적용할 수 있는 지혜를 얻을 수 있다.

책을 읽기만 하고 그냥 덮어버리면, 책의 내용이나 자신이 책에서 깨달은 점 등이 기억에서 쉽게 사라진다. 소중한 시간을 투자해서 책을 읽은 후, 자신에게 남아 있는 것이 없다면, 책을 읽지 않은 것이나 다름없다.

서평을 작성하면 좋은 점은 다음과 같다.
첫 번째, 책의 핵심 내용을 파악하는 능력이 향상된다. 책을 읽고 서평을 쓴다는 생각으로 책을 읽게 되면, 책의 핵심 내용 파악을 하려는 목적의식이 강화되어 저절로 효과적인 독서가 된다.
두 번째, 자신의 생각을 정리하고 표현하는 능력이 올라간다. 뭐든지 양이 많아지면 질이 올라간다. 꾸준한 생각 정리와 표현하기 훈련은 차후 책 쓰기에 결정적인 도움이 된다.

세 번째, 책의 내용을 오래 기억할 수 있다. 오래 보고 관심을 가지면 그것을 잘 알 수밖에 없다. 그리고 그것은 자신의 무기가 되어준다.

마지막으로, 평소 자기 생각 꺼내기를 자주 하게 되면 자신의 생각을 쉽게 글로 표현할 수 있다. 평소에 하나씩 모인 서평들이 모여 책 쓰기를 할 때 좋은 글감이 된다. 나는 책 쓰기를 하면서 평소 서평 작성이 얼마나 큰 위력을 발휘하는지 뼛속 깊이 실감하게 되었다.

책을 쓰기 위해서는 주제별 적절한 사례와 사례에 맞는 자신의 생각이 필요하다. 만약 이런 것들이 서평 쓰기를 하면서 미리 정리되어 있다면, 책 쓰기가 한결 수월해지고 완성도 높은 원고 집필을 할 수 있다.

책을 읽었다면, 그 책에서 하나라도 얻는 것이 있어야 한다. 책을 자기 것으로 만들기 위해서는 책에 대해 생각하고, 정리된 생각을 글로 표현하고, 책을 관통하는 생각과 자신의 깨달은 점을 한마디로 정리하는 과정이 꼭 필요하다. 매의 눈으로 핵심 문장을 찾고, 단 한 줄의 느낀 점, 깨달은 점, 그리고 자신만의 서평을 남겨보자.

책 속 문장을 필사하고
내 생각을 적어보라

　　독서를 처음 시작하던 시기, 나는 책 한 권을 빨리 읽은 후, 다른 책을 계속해서 빨리 읽으려고만 했다. 당시에는 책을 빨리 읽고, 책의 권수를 증가시키는 것, 즉 독서량을 무한대로 키우는 것이 중요하다고 생각했다. 그렇게 읽었던 책 중에서 지금까지 기억에 남아 있는 책은 별로 없다. 다행히도 나는 독서를 하며 밑줄 그은 문장들을 노트에 필사해서 남겨놓았고, 그 문장들을 보면서 읽었던 책에 대한 기억을 떠올리곤 한다.

　　책을 읽다 보면 강한 울림을 주거나 깨달음을 주는 문장들이나 핵심 키워드를 만난다. 나는 이런 문장이나 키워드를 만나면 별도의 노트에 메모한다. 그리고 독서 완료 후 필사를 하거나 생각을 글로 쓰기도 한다.

필사는 책의 핵심 문장을 손으로 직접 노트에 적어보면서 자신의 내면의식에 새기는 것이다. 그냥 눈으로만 보고 지나가지 않고, 손으로 써보면서 글귀들을 자신의 뇌에 되새겨볼 수 있다. 필사한 문장의 의미를 다시 생각해보며, 문장 너머에 있는 작가의 생각이나 의도를 파악할 수 있다.

필사를 통해 작가의 문장을 모방하다 보면, 결국 나의 필력이 향상된다. 이렇게 축적된 문장들은 내 생각을 표현할 때나 글쓰기를 할 때 재창조할 힘이 된다. 또한, 좋은 문장을 직접 써보면서 긍정적이고 창조적인 생각을 하게 되고, 온전히 필사에 집중하며 마음의 안정도 얻을 수 있다.

여기서 중요한 것은 필사하면서 필사로만 끝나면 안 된다는 것이다. 물론, 필사한 문장에 자기 생각을 덧붙이는 작업은 시간이 걸리고, 번거로운 작업일 수 있다. 하지만 책의 문장을 그대로 노트에 옮겨 적는 필사에 더해 자신의 생각을 글로 써보는 작업이 반드시 병행되어야 독서의 효과를 높일 수 있다.

독서를 하는 대부분의 사람은 어느 정도 독서 내공이 쌓이면 자기 생각을 책으로 펴내고자 하는 로망이 있다. 물이 양동이에 가득 차면 흘러넘치는 것과 마찬가지로 이것은 자연스러운 현상이다. 자신의 이름이 새겨진 책을 세상에 내놓는 것은 설레고 가슴 벅찬 일이다. 미래의 자기 책을 미리 준비한다는 생각으로 필사를 하고 자기 생각을 적어보자. 향후 책 쓰기를 하는 데 좋은 글감이 될 수 있다.

평소 책을 많이 읽지 않았던 사람들은 필사와 자기 생각을 글로 표현하는 두 가지 일을 하기가 어려울 수 있다. 이럴 경우, 핵심 문장에 대해 필사만 하다가, 어느 정도 적응되면 나의 생각을 표현하는 것도 좋은 방법이다. 혹여, 독서의 효과를 높이기 위한 활동이 오히려 어렵게 시작한 독서에 흥미를 잃게 하는 역효과가 나지 않도록 주의도 필요하다.

필사와 내 생각 꺼내기를 지속해서 할 수 있는 좋은 방법이 있다. 책 속에서 발견한 글귀 중 인상 깊은 문장이나 큰 깨달음을 주는 문장을 필사하고, 인증 사진을 찍어 자신의 블로그나 SNS 상에 포스팅하는 방법이다. 노트에 필사하는 일로 그치지 않고 필사한 내용을 온라인상에 공유하게 되면, 자기 스스로에게 즐거운 의무를 부여하는 것이다. 의미를 부여하고 자발적으로 하기로 한 일은 어떤 일을 하든지 즐겁다. 나와의 약속을 지키게 해주고, 그 일을 지속해서 해나갈 수 있는 동기부여가 된다.

조선 시대 최고의 지식인이며, 실학의 집대성자인 다산 정약용 선생은 18년간 유배 생활 동안 다양한 분야에 걸쳐 500여 권의 저서를 남겼다. 이렇게 엄청난 양의 저서를 남길 수 있었던 배경에는 다산이 평생 실천한 독서법이 있다.

다산은 책을 읽을 때 정독(精讀), 질서(疾書), 초서(抄書)의 방법을 실천했다. 그중에서도 초서(抄書)는 책을 읽다가 중요한 구절이 나오면 별도의 노트에 옮겨 적는 것, 즉 '베껴 쓰기'를 말한다. 책을 읽기 전에 특정 주제나 관심사를 가지고 시작하는 것이다. 즉, 분명한 목적을 가지고 책을 읽는 독서법이다.

책을 읽으면서 좋은 문장이나 자신의 관심사에 관련된 글귀를 베껴 쓰고, 연관된 내용을 정리하며, 여기에 자신의 경험과 깨달음을 글로 표현한 결과물들이다.

다산은 당장 진도가 나가지 않아도 눈으로만 읽지 말고 손으로 읽어야 소득이 있다고 끊임없이 강조했다. 그는 자식들뿐만 아니라 제자들에게도 "초서의 습관을 들이면 핵심 내용을 자기 것으로 만들 수 있으며, 지식의 폭이 넓고 깊어진다"라며 초서의 중요성을 강조했다.

또한, 이덕무는 "글이란 눈으로 보고 입으로 읽는 것이 결국 손으로 한 번 써보는 것만 못하다. 대개 손이 움직이면 마음이 반드시 따르는 것이므로, 비록 스무 번을 읽어 왼다고 하더라도 한 차례 힘들여 써보는 것만 못하다"라고 말했다.

사실 초서는 시간도 많이 들고 꾸준히 지속하기가 힘든 일이다. 그러나 초서만큼 효과적인 독서법은 없다. 나는 책을 가장 효과적으로 읽을 수 있는 방법은 초서라고 생각한다. 책을 읽는 목적이 분명하기 때문에 오직 그 목적에만 집중해서 독서를 할 수 있다. 독서를 하며, 손으로 글귀를 필사하며, 생각을 정리한 후, 자기 생각을 글로 써보는 작업을 추가하면 독서의 효과를 극대화할 수 있다.

사실, 책에서 찾은 문장을 필사하고, 필사한 문장에 대해 자기 생각을 정리하고, 글로 써보는 작업은 무엇보다 중요하다. 책을 읽는 데 소요되는 시간만큼 책을 읽은 후 책의 핵심 내용 정리와 자기 생각을 정리하는 시간도 필수다. 물론 생각보다 시간이 많이 소요될 수 있다. 하지만 그냥 읽기만 하면, 읽은 내용은 그냥 머릿속에서 쉽게 사라지고 만다. 독서 후 활동, 즉 책을 읽은 후 활동이 중요한 이유가 여기에 있다.

예전에 회사에서는 매주 돌아가면서 한 명씩 직원들과 나누고 싶은 이야기나 경험들을 공유하는 시간이 있었다. 2017년 당시, 나는 서울대 이정동 교수님이 쓴 《축적의 길》이라는 책을 읽고, 대한민국의 과학과 기술이 어떤 방향으로 나아가야 하는지, 내가 속한 산업이 어떤 방향으로 발전해야 하는지에 대해 직원들과 공유했는데, 반응이 좋았다.

인생의 답은 독서에 있었다

나는 발표를 위해 PPT도 만들고, 책의 사례를 생동감 있게 전달하기 위해서 책을 여러 번 읽었다. 현재까지 기억에 남아 있는 것은, 대한민국은 실행 중심의 사고방식에서 개념설계 중심의 사고방식으로 전환이 필요하다는 것과 아프리카 말라위 청년 윌리엄 캄콸바(William Kamkwamba)와 테슬라의 창업자 일론 머스크의 비교 사례다.

중학교를 중퇴한 캄콸바는 전기에 관한 책을 탐독한 후, 버려진 재료를 모아서 풍력발전기를 만들었다. 그는 유명해져 '테드(TED)' 강연에도 출연했다. 그는 "나는 도전했고 결국 해냈다"라는 말로 우렁찬 박수를 받았다. 그리고 책도 펴내고, 세계적인 유명 인사가 되었다. 하지만 캄콸바의 의지와 노력은 상용화하기에는 부족한 수준의 풍력발전기에서 멈췄다.

반면, '페이팔', '테슬라' 등을 창업한 일론 머스크는 종전에 한 번만 사용하고 버렸던 로켓 추진체를 재활용할 수 있다는 아이디어를 실제로 실현했다. 일론 머스크는 실리콘밸리의 '스타트업 생태계', 즉 사회적 축적을 활용해 사업화까지 성공했고, NASA에서만 하던 위성 발사를 상업화하는 데 성공했다.

나는 PPT를 준비하며 어떻게 하면 내용을 잘 전달할 수 있을까 많은 고민을 했다. 책에 소개된 생소한 단어나 분야는 직접 자료를 찾아보기도 했다. 내가 이해한 것을 나의 언어로 전달하기 위해 많은 준비를 했다. 이런 독서 후의 과정 덕분에 이 책은 시간이 지난 지금까지도 나의 기억에 남아 있다.

이처럼 책 속의 문장들을 필사하고, 필사한 문장에 내 생각을 적어보는 것은 절대 시간 낭비가 아니다. 책을 많이 읽어야 한다는 강박관념에서 벗어나 책을 제대로 읽는 것이 더 중요하다는 것을 강조하고 싶다.

인생의 답은 독서에 있었다

마인드맵으로
책 내용을 요약하라

　　독서 후 책의 전체 내용을 이해하는 데 가장 좋은 방법은 마인드맵을 작성하는 것이다. 꼭지별 또는 장별로 주요 키워드를 뽑고, 카테고리별로 분류하며, 주제별로 배치하다 보면, 자신이 읽은 책의 전체 내용을 쉽게 파악할 수 있다.

　　마인드맵은 토니 부잔(Tony Buzan)이 1983년 개발한 프로젝트 관리법이다. 마인드맵은 트리 구조의 형태다. 나무줄기에서 큰 가지가 만들어지고, 큰 가지에서 다시 하위에 여러 개의 작은 가지가 만들어진다. 중앙에 배치된 중심 주제를 기준으로 새로운 아이디어나 책의 핵심 키워드들이 방사형으로 전개되는 형태다.

마인드맵은 여러 분야에 응용해서 사용할 수 있다. 특히, 책이나 강의 내용을 요약 정리할 때 가장 효과적인 툴이다. 마인드맵에 배치된 키워드를 보면, 책을 읽을 당시의 내용을 리마인드 할 수 있다. 마인드맵은 A4 종이 한 장과 연필로 작성할 수도 있고, 마인드맵 작성 앱을 사용할 수도 있다. 상황이나 여건에 따라서 선택해서 사용하면 된다.

마인드맵을 작성하는 방법은 다음과 같다. 독서를 하며 꼭지별, 장별로 핵심 키워드가 무엇인지 파악하고, 키워드를 선정한다. 키워드 선정을 잘하기 위해서는 책을 집중해서 읽고, 핵심 문장을 찾아 밑줄을 치거나 별도의 표시를 해두면 된다. 또한, 읽은 내용을 다시 떠올리며, 생각하고 정리하는 과정도 필요하다.

때로는 꼭지별 핵심 키워드를 정하기가 힘든 경우도 있다. 이것은 책 내용을 완전히 이해하지 못했거나, 중요한 내용이 다수일 경우 결정하기가 어려운 경우다. 각 꼭지나 장에서 저자가 말하려는 핵심 키워드들이 선정되었다면, 키워드들을 카테고리별로 분류한다.

장별, 꼭지별 핵심 키워드 분류가 완료되었다면, 나무의 줄기에 해당하는 키워드를 선정한다. 책을 관통하는 핵심 키워드를 선택하고, 마인드맵의 중앙에 위치시킨다. 이제 나무의 가지에

인생의 답은 독서에 있었다

해당하는 키워드들을 카테고리별로 위치시킨다. 추가로, 작성된 마인드맵에 자기 생각이나 깨달은 점 등을 같이 정리하면, 최고의 마인드맵이 완성된다.

마인드맵은 책 전체 내용에 대해서 작성하거나, 자신이 관심을 두고 있는 책의 일부분만 선택해서 작성할 수도 있다. 필요에 따라 자유롭게 선택하면 된다. 마인드맵은 책의 전체 내용을 버드아이(Bird's eyes) 관점에서 조망할 수 있게 해준다. 다시 말해, 위에서 내려다보는 것과 같은 느낌으로 책의 전체 내용을 한눈에 파악하고 다시 상기할 수 있다.

자신이 읽은 모든 책에 대해서 마인드맵을 작성할 필요는 없다. 책의 전체 내용을 파악할 필요가 있거나 특별히 관심을 가지고 있는 주제에 관한 책에 대해서 마인드맵을 작성하면 된다. 마인드맵을 작성하는 데 많은 시간이 소요되는 것은 사실이지만, 그 효과는 엄청나게 크다. 책 전체가 대략적인 그림이 그려지듯 자신의 머릿속에 들어온다는 느낌이 들 것이다. 다른 사람에게 쉽게 책 내용을 설명하거나 전달할 수 있다.

헤르만 에빙하우스(Hermann Ebbinghaus)의 망각 곡선에 따르면, 사람은 지식이나 정보를 습득한 후 10분이 지나면 바로 잊기 시작한다. 이후 망각 속도가 더욱 빨라져 1시간이 지나면

50%를 잊어버리고, 하루가 지나면 약 70% 이상을 잊어버린다. 그리고 한 달 뒤에는 약 80% 이상을 망각한다. 사람의 뇌는 불과 하루 만에 70% 이상을 잊어버리게 되어 있다. 그러니 며칠 전에 읽은 책의 내용을 제대로 기억하지 못하는 것은 어쩌면 당연한 일이다. 이것은 모든 사람에게 똑같이 나타나는 현상이다.

우리가 읽은 책을 좀 더 오래 기억하기 위해서는 어떻게 해야 할까? 그 방법은 반복이다. 우리는 반복을 통해서 기억을 붙잡아둘 수 있다.

뇌에서 기억을 담당하는 부위는 '해마'로, 해마에 저장할 수 있는 기억의 양은 무한대에 가깝다고 한다. 해마에 저장하는 내용이 많으면 많을수록 해마의 크기와 기억 능력이 발달하기 때문이다. 해마는 한번 저장된 내용을 영원히 기억해두지는 않는다. 굳이 저장해둘 필요가 없는 중요하지 않은 정보라고 판단하면 자동으로 기억에서 없애버린다고 한다. 해마에게 중요한 정보의 기준은 기억하는 횟수인 것이다. 보통 한 달을 기준으로 몇 번 기억을 불러냈는지를 따진다고 한다. 많이 불러낸 기억일수록 해마는 중요한 기억이라고 판단하는 것이다. 해마는 한 달에 한 번 자동 포맷되는데, 한 달이 지나도록 한 번도 찾지 않은 기억은 자동 포맷과 함께 사라진다고 한다.

인간의 뇌는 글자보다는 이미지를 더 잘 기억한다. 우리가 책 내용보다 영화나 드라마의 한 장면을 오래 기억하는 것과 같은 원리다. 우리 뇌는 이미지나 영상은 쉽게 이해하고 장기기억에 오랫동안 보관한다.

마인드맵은 책의 내용을 트리 구조의 이미지 형태로 작성한 것이다. 나는 독서할 때 책에 밑줄이나 동그라미를 쳐서 핵심 문장이나 키워드를 표시한다. 책을 읽은 후 별도의 노트에 옮겨 적는다. 그리고 핵심 키워드를 가지고 마인드맵을 작성한다. 물론 모든 책에 대해서 마인드맵을 작성하지는 않는다. 책을 읽다 보면 자연스럽게 마인드맵까지 작성할 필요가 있는 책을 알아볼 수 있다.

책을 처음부터 끝까지 완독하며 실천할 수 있다면 가장 좋겠지만, 재독을 할 때는 밑줄 친 부분과 마인드맵으로 반복해서 기억을 되살린다. 반복 독서를 할 때, 책을 완독하는 것보다 시간도 절약할 수 있고, 보다 효과적으로 책 내용을 흡수할 수 있다.

오래 기억할 수 있는 가장 좋은 방법은 반복이다. 반복 횟수가 늘어날수록 더 오래 기억할 수 있다. 그리고 핵심 문장들에 대해서는 자기 생각도 추가하는 시간을 갖는다. 물론 모든 책에서 이런 방법을 적용하기는 현실적으로 힘들다. 자신의 관점에서 중요하다고 생각되는 책이나 자신에게 크게 깨달음을 주는 책은 한 달 내에 4회 반복 독서를 실천한다면, 삶에 변화가 일어나 지금보다 더 나은 삶을 살 수 있게 될 것이다.

　우리의 현재 내면세계는 머지 않은 미래에 외부세상에서 현실이 되어 나타난다. 우리가 과거에 의식적이든, 무의식적이든 가졌던 생각들이 현재 자신의 환경을 만든 것이다. 우리의 내면의식이 풍요로 가득하면 성공자, 부자가 될 수 있다. 우리의 내면에 부자의식만 채워야 한다. 우리는 경제적·정신적으로 부와 풍요를 누려야 한다. 하나라도 빠지면 완전한 성공이라고 할 수 없다. 우리의 완전한 성공을 위해, 자신이 바라는 것만 상상하자. 우리가 매 순간 상상하는 것들이 미래가 된다는 것을 잊지 말자.

인생의 답은 독서에 있었다

목차를 보며
핵심 독서를 하라

나는 독서할 때, 책의 처음부터 끝까지 모두 읽는 완독을 하곤 했다. 도서관에서 책을 대여하든, 서점에서 책을 구입하든, 어떤 경우든 될 수 있으면 마지막 페이지까지 다 읽고 덮어야 한다는 생각이었다. 내 기준에서 책이 재미없거나, 너무 어려운 책도 될 수 있으면 끝까지 읽는 편이다.

이렇게 독서하는 것이 책에 대한 최소한의 예의이고, 다른 사람들에게 '내가 책을 읽었다고 자신 있게 말할 수 있는 것'이라고 생각했다. 아마 여러분들도 이런 생각에 동의할 것이다. 책을 다 읽지 않은 상태에서 책에 대해 다른 사람들에게 이야기하는 것은 떳떳하지 못하다고 생각했다.

그러다 나는 2022년 11월, '한책협'에서 책 쓰기 수강을 하면서 이런 생각에서 자유로워질 수 있었다.

책 쓰기 수업 5주 과정에는 지정된 토론 도서에 대해서 각자 자기 생각과 느낀 점을 소개하는 시간이 있었다. 나는 토론 도서로 지정된 2권의 책을 처음부터 끝까지 다 읽었다. 그리고 당시나는 1권에 대해서는 네이버 블로그에 독자 서평 형식으로 글도 올렸다. 나머지 1권은 차후에 올리려고 준비 중이었다.

그리고 내가 읽은 책에 대해 발표를 할 때, 책 전체에 대한 핵심 내용과 느낀 점에 대해 말하려고 했다. 그런데 당시 강의해주신 '한국석세스라이프스쿨' 네이버 카페와 유튜브 채널 '권마담 TV'를 운영 중인 권동희 대표님은 책에서 가장 인상 깊었던 한 꼭지만 발표하라고 하셨다. 순간적으로 당황하기는 했지만, 내 생각과 느낀 점에 대해서 무난히 발표했다.

핵심 독서는 목차를 보면서 자신이 필요한 부분만을 골라서 읽는 독서를 말한다. 핵심 독서에서 중요한 것은 선택한 꼭지에 대해 자신의 생각을 꺼내는 것이라고 할 수 있다.

물론 책을 처음부터 끝까지 다 읽고 독자 서평과 자기 생각을 글로 남기는 것도 좋은 방법이라고 생각한다. 그러나 모든 텍스트를 다 읽는 완독을 할 필요는 없다. 이제 독서 방법이 달라져야 한다. 즉, 책의 목차를 보면서 자신이 필요로 하는 꼭지나 관심이 가는 꼭지만 선택해서 읽는 발췌독이 필요하다. 그리고 발췌독을 한 후, 해당 꼭지에 대해 자기 생각이나 느낀 점, 그리고 자신에게 적용하고 싶은 점을 정리하는 것이 좀 더 효과적인 독서가 될 것이다.

이제 독서는 책의 첫 페이지부터 마지막 페이지까지 모두 읽어야 한다는 생각을 버려야 한다. 기존의 독서에 대한 고정관념을 바꾸면, 부담감을 내려놓고 좀 더 편하게 읽을 수 있다. 자신이 필요로 하거나 자신의 문제점을 해결해줄 수 있는 부분만 선택해서 읽게 되면, 좀 더 다양하고 많은 책을 부담 없이 읽을 수 있다. 우리는 독서가 가지고 있는 보이지 않는 강박관념에서 벗어나 자유로워져야 한다.

자신에게 필요한 부분만 골라서 읽었더라도 이것 또한 독서를 한 것이다. 자신의 목적과 상황에 맞게 핵심 독서를 하는 것도 독서를 하는 방법이라는 것을 기억하자. 그리고 이렇게 읽더라도 그 책이 더 궁금해지면 그때 시간을 내어 완독하는 방법도 좋다.

우리가 독서를 하는 목적은 궁극적으로 우리 삶이 지금보다 더 나아지기를 바라기 때문이다. 더 나은 삶을 살고자 한다면, 책을 읽은 후 책에서 깨달은 점을 자신의 삶에 적용해야 삶이 변한다. 박상배 작가는 《인생의 차이를 만드는 독서법, 본깨적》에서 "책을 볼 때는 저자의 관점에서 보아야 하지만, 깨닫는 것은 철저하게 '나'의 관점에서 깨달아야 한다. 깨달음에는 정답이 없다. 옳고 그른 것도 없다. 그래서 '깨'는 중요하다. 스스로 느끼고 깨달은 것이면 무엇이든 삶을 변화시킬 수 있는 동력이 되기 때문이다. 깨달음은 변화의 시작이다. 생각이 바뀌면 행동이 바뀌고, 행동이 바뀌면 습관이 바뀌고, 습관이 바뀌면 인생이 바뀐다. 하지만 깨닫는 것만으로는 역시 삶이 바뀌는 데 한계가 있다"라고 말했다. 그러면서 책을 읽을 때와 책을 읽은 후, 우리가 어떤 관점을 가지고 독서를 해야 하는지, 그리고 어떻게 실천을 해야 하는지에 대해 이야기했다.

독서를 할 때는 저자의 관점에서 무엇을 전달하려고 하는지 이해해야 한다. 그리고 독서를 한 후의 깨달음은 독자인 자신의 관점에서 접근해야 한다. 두 가지 독서 활동에서 관점이 바뀌거나 잘못 적용하는 경우, 독서의 효과가 반감되거나 나타나지 않을 수 있다. 책을 읽었어도 삶이 변하지 않는 것은 책을 제대로 읽지 못했거나 읽는 것에만 그쳤기 때문일 것이다.

자신이 읽은 책에서 최소한 하나의 깨달음을 얻고 자기 생각을 글로 표현해보기 바란다. 그리고 자신의 삶에 적용하고 싶은 것 하나를 직접 행동으로 실천해본다면, 분명 어제보다 더 발전된 자신을 발견할 것이다.

과거에는 시간적·공간적 제약으로 강의를 듣는 것이 물리적으로 어려웠다. 하지만 요즘은 유튜브나 온라인 강의를 통해 명

인생의 답은 독서에 있었다

사나 성공자의 강연을 접할 기회가 많다. 강연을 들을 때는 엄청난 동기가 부여되어 의욕이 넘쳐나고, 무엇이든 할 수 있을 것 같다. 그러나 며칠만 시간이 지나면 충만했던 동기부여의 기운은 온데간데없고, 그전과 같은 생활을 하고 있다. 아무런 개선된 행동을 하지 않고 있는 자신을 발견할 때가 많다. 꿈과 충만했던 동기는 사라지고 현실만 남아 있는 것을 경험한다. 머리로 아는 것과 실제로 행동하는 것은 전혀 별개의 것이다.

실천이 중요하다. 배운 것을 자신의 삶에 적용하기 위해서는 습관이 될 때까지 의도적으로 노력해야 한다. 의도적인 노력이 없다면, 배움은 그저 배움으로 끝나버린다. 실천하지 않는다면 그 어떤 변화도 있을 수 없다. 배움이 생활에서 실천될 때, 우리의 삶이 지금보다 나아지는 것이다.

독서를 할 때도, 강의를 들을 때도 처음부터 끝까지 모든 것을 다 기억하거나 실천할 필요는 없다. 자신의 현재 상황이나 관심이 있는 부분, 또는 고민을 해결할 수 있는 부분만 찾아보자. 그리고 선택적으로 발췌해서 최소 하나라도 자신의 실생활에서 실천해보자. 머지않아 자신의 내면의식이 성장하고 긍정의 기운이 당신 주변에 퍼질 것이다.《실행의 힘》의 저자 그레그 S.레이드(Greg S. Reid)는 "꿈은 날짜와 함께 적어 놓으면 목표가 되고, 목표를 잘게 나누면 계획이 되고, 그 계획을 실행에 옮기면 꿈이 실현되는 것이다"라고 말했다.

남들이 했다면 나도 할 수 있는 것이다. 아니, 더 잘할 수 있다. 바로 실행에 옮겨보자.

인생의 답은 독서에 있었다

5장

주도적으로
삶을 살고 싶다면
독서하라

책을 읽으면
삶을 긍정하게 된다

책을 읽으면 왜 삶을 긍정하게 되는 것일까? 책을 읽게 되면, 자연스럽게 스스로 생각을 한다. 또한, 자신이 간절히 바라는 꿈과 소망이 무엇인지 탐구하기 시작한다. 독서를 하게 되면, 시간이 흘러가는 대로 아무 생각 없이 사는 사람들이나 삶의 의미를 찾지 못하던 사람들도 자기 자신의 존재와 자신의 미래에 대해서 생각하게 된다.

헬렌 켈러(Helen Keller)는 태어난 지 19개월 만에 열병을 앓고 난 후, 시력과 청력을 모두 잃었다. 듣지도 말하지도 못하고 볼 수도 없었다. 하지만 그녀는 시각장애, 청각장애, 언어장애라는 삼중고의 역경 속에서도 좌절하지 않고 장애를 극복했다. 그녀는 하버드 대학을 졸업하고, 장애인들을 위한 활동을 펼치며,

그들에게 꿈과 희망을 안겨주는 롤모델이 되었다.

처음 그녀가 남들과 다르다는 것을 알게 되었을 때, 그리고 그녀의 어머니와 친구들의 대화를 도무지 이해할 수 없어서 화가 났다고 한다. 화가 날 때면 지칠 때까지 발길질하고 괴성을 질러댔다고 한다. 그러다 설리번(Sullivan) 선생님을 만나고, 점자를 익히고 책을 읽게 되었다.

헬렌 켈러는 "교육이란 우리가 시골길을 산책할 때 오감을 활짝 열고 여유로운 마음으로 우리 안에 찾아드는 갖가지 인상들을 받아들이는 것"과 꼭 같다고 말했다. 그러면서 "우리 안에 들어온 지식은 차고 넘쳐 깊이 있는 사고의 물결을 이루고 밀물처럼 밀려와 소리 없이 보이지 않는 영혼을 적신다"라고도 했다. 또한, 헬렌 켈러는 "아는 것이야말로 행복이다. 폭넓고 깊이 있는 지식을 소유함으로써 무엇이 참된 목적이며 어떤 것이 더 가치 있는 것인지 분별할 수 있을 것이기 때문이다"라고 말했다.

책에는 힘이 있다. 책을 읽으면 생각할 수 있고, 생각하면 행동할 수 있다. 책은 자신의 내면의식을 변화시켜준다. 내면의식이 성장했다는 것, 즉 의식 수준이 높다는 것은, 세상을 바라보는 관점이 긍정으로 바뀌었다는 말이다. 내면의식이 바뀌면 나의 말이 바뀐다. 다시 말해, 내가 하는 말은 평소 나의 내면의식에서 비롯되어 나의 입을 통해 외부로 표현되는 것이다.

우리가 평소에 하는 말에는 힘이 있다. 긍정적인 말은 긍정적인 에너지가 발산되어 긍정적인 결과로 되돌아온다. 반면, 부정적인 말에는 부정적인 에너지가 분출해 부정적인 결과로 나타난다. 평소 여러분들이 긍정적인 말을 하든, 부정적인 말을 하든 그 말은 결국 미래의 자신에게 하는 말이라는 것을 명심해야 한다. 항상 긍정적인 생각을 하고, 긍정적인 말과 행동을 해야 하는 이유가 여기에 있다. 이제, 자신이 하는 말을 주의 깊게 관찰해보자. 자신이 평소에 부정적인 말을 자주 하는지, 아니면 긍정적인 말을 자주 하는지 말이다.

이랜드 그룹의 박성수 회장은 1975년 대학교 4학년 때, 2년 6개월이라는 긴 시간 동안 전신이 마비되고, 근육의 힘이 점점 약해지는 '근육무기력증'이라는 병을 진단받았다. 젊은 나이였지만 병세가 심해져 하루의 반 이상을 병상에 누워 있어야 했다. 혈기 왕성하고 꿈이 많은 대학생이 오랜 시간 병상에 있어야 한다는 현실을 쉽게 받아들일 수 없었을 것이다.

그러나 그는 좌절과 절망 대신 그가 할 수 있는 일을 시작했다. 하루에 약 3권씩 한 달에 100권을 읽었다고 한다. 시간이 지날수록 그가 읽는 책은 점점 많아졌다. 포기하지 않았던 그에게 2년 6개월이 지나고 병이 완치되는 기적이 찾아왔다.

병상에 있는 동안 박성수 회장은 3,000여 권의 책을 읽었다.

좌절과 절망을 극복할 수 있는 원천은 바로 독서였다. 독서를 하며 얻은 깨달음은 사업의 바탕이 되었다. 독서는 그의 사고와 의식을 비약적으로 확장시켰다.

하지만 1998년 IMF 시기에 회사가 부도 위기에 봉착한 적도 있었다. 박성수 회장은 그 이유를 자신의 경영 지식 부재라고 생각했고, 전문 분야의 책뿐만 아니라 다양하게 독서를 했다. 박성수 회장은 100권 정도의 경영 서적을 읽고 IMF 위기를 극복했다고 말하기도 했다. 이랜드 그룹은 1980년 창립 이래 꾸준히 독서 경영을 진행해오고 있다.

자신의 성공한 모습을 생생히 그리며, 이미 성공한 자신의 관점에서 결정을 한다면, 정말 중요한 것이 무엇인지 스스로 판단할 수 있을 것이다. 독서는 안 된다고 생각했던 생각을 어느 순간 긍정하게 만들고 도전하게 만든다. 그리고 이러한 긍정과 도전은 결국 성공을 끌어당기게 될 것이다.

독서는 누구에게도 무시당하지 않고 남에게 휘둘리지 않는 사람으로 만들어준다. 그리고 그런 삶을 살 수 있게 도와준다. 항상 세상을 긍정의 시각으로 바라보는 것이 중요하다. 만약 당신이 세상의 긍정적인 모습을 의도적으로 보려고 한다면, 당신은 이미 성공한 사람이다. 성공은 언제나 당신의 편이다. 우리 모두 이 마법을 마음껏 누려보자.

인생의 답은 독서에 있었다

남경홍 작가는 《허공의 놀라운 비밀》에서는 성공자와 보통 사람의 차이점에 대해 이렇게 말한다.

"성공을 성취한 사람은 보통 사람들이 하는 부정적인 생각들을 완전히 제거하고 긍정적인 새로운 생각으로 자신의 현재의식을 가득 채우고 있는 사람이다. 그리고 나의 방에 채워진 공기(새로운 현재의식)는 나의 숨어 있던 무의식(모든 것의 바탕인 진공)을 깨워 창조의 근원인 영점장의 에너지 파동과 공명한다. 그리고 그 파동의 강도가 수백 배 커져 무한대의 에너지를 생성시켜 어느 순간 내가 원하는 것들이 물질화되어 나타나게 한다.

반대로, 보통 사람은 남을 탓하거나 자포자기하고 자기의 무능을 탓한다. 즉 스스로의 생각을 부정으로 몰고 간다."

내면의식에 긍정적인 생각이 없다면, 어떤 좋은 것을 가르쳐 줘도 그것을 받아들이지 못한다. 자신의 것으로 내면화할 수 있는 준비가 되어 있지 않은 것이다. 자신의 내면의식에 부자의 사고방식이 없다면, 사상누각(沙上樓閣)이 된다. 마치 밑 빠진 독에 물 붓기와 같은 상황이 되는 것이다.

우선, 독서를 통해 부자와 성공자들은 어떤 사고방식을 가지고 있는지 알아야 한다. 부자의 사고방식부터 장착해야 한다. 여러분이 부와 풍요를 누리는 성공자의 삶을 살고자 한다면, 자신의 내면의식을 긍정적인 생각으로 가득 채워야 한다.

원하는 삶을
더 잘 살고 싶다면 독서하라

　　누군가 "당신은 지금 자신이 원하는 삶을 살고 있는 가?" 또는 "당신은 지금의 삶에 만족하는가?"라고 묻는다면 자신 있게 "네. 그렇습니다"라고 대답할 수 있는 사람이 몇 명이나 될까? 아마도 대부분은 현실적인 이유로 상황에 맞춰 직업을 선택하거나, 자신이 진짜 원하는 일은 후순위로 두고 삶을 살아간다. 또는 자신이 원하는 삶이 무엇인지 생각하지도 않거나 모르고 있는 경우도 있다.

　　군을 제대한 후 내가 원하는 삶은 대기업이나 공기업에 빨리 입사해서 부모님에게 의존하지 않고, 독립적으로 안정적인 직장생활을 하는 것이었다. 그리고 직장에서 자아실현을 하며 사는 것이었다.

나는 26개월간의 군 생활을 마친 후 복학을 했고, 영어를 더 잘하고 싶다는 생각에 영어 회화 학원도 다니고, EBS 방송 토익 강의도 열심히 들었다. 그러나 생각만큼 실력이 향상되지는 않았다. 당시 대부분의 기업에서는 토익 성적을 요구했다. 취직을 위해서는 토익 성적과 영어 회화 능력을 향상시켜야 했다. 가장 빠르게 결과를 얻을 방법은 어학연수를 다녀오는 것이라고 생각했다. 하지만 그 당시에는 어학연수가 보편화되지는 않았다.

다른 사람들과 차별화할 방법은 어학 실력을 높이는 것이라고 생각했다. 어학연수를 가야겠다는 내 생각과 욕망은 나를 행동하게 만들었다. 1년간 휴학을 하고, 어학연수 비용을 마련해야 했다. 나는 부모님께 어학연수 비용에 대해 말씀을 드렸지만 처음에는 반대하셨다. 동생들도 대학에 다니고 있어서 당장 비용을 지원해주시기가 어렵다는 것이었다.

그렇지만, 나는 포기하지 않았다. 나는 아르바이트를 해서 비용 절반을 마련하겠다고 말씀드렸다. 그리고 며칠 후, 아버지는 비용 절반을 지원해주겠다는 약속을 하셨다. 이때부터 나는 구인 구직 생활 정보 신문을 뒤지며 일자리를 찾기 시작했다. 사무실에서 일하는 것보다 현장에서 막노동하는 일이 월급을 더 많이 받았다.

나는 여러 곳에 입사 원서를 접수하고, 면접을 봤다. 나는 그중에서도 월급이나 조건이 좋았던 H중공업 사내협력사에 입사했다. 이 협력사는 H중공업으로부터 건조 중인 선박에 배관 작업과 용접하는 일을 도급받아 수행하고 있었다. 나는 별다른 기술이 없었기 때문에 배관 기술자를 보조하는 일을 했다.

새벽에 일어나서 H중공업으로 가는 버스를 타고 출근을 했다. 6개월간 새벽에 일어나는 것도 힘들었지만, 온종일 춥고 힘든 현장에서 하루를 보내는 일은 더 어려웠다. 아침에 군대 내무반 같이 생긴 장소로 출근해서(개인 관물함과 침상이 있었음) 작업복으로 갈아입고, 현장에 가면 퇴근 전까지 추위를 견디며 실외에 있어야 했다.

막노동 경험이 없다 보니 현장에서 사용하는 용어나 전용 연장 이름, 작업 환경 등 모든 것이 생소했다. 처음에는 용어를 알아듣지 못해 실수도 많이 했다. 건조 중인 선박의 갑판은 지상과 30m 정도 차이가 나기 때문에 배에 설치된 계단을 타고 오르내려야 하는 것도 쉽지 않았다. 배관 조립을 위한 부자재를 잘못 가져와 여러 번 왔다 갔다 하는 경우도 있었다.

한 달이 지나고, 첫 월급으로 130만 원 정도 받았다. 나는 월급 받은 돈을 한 푼도 쓰지 않고 모았다. 그리고 토요일과 일요

인생의 답은 독서에 있었다

일에도 출근해서 초과근무를 했다. 초과근무를 하면 그 시간만큼 돈을 더 받을 수 있었다. 6개월이 지난 시점, 나는 목표로 했던 어학연수 비용을 모을 수 있었다. 그리고 아르바이트를 그만두었다. 그렇게 나는 내가 간절히 원하고 바라던 영국 어학연수를 떠났다. 이때의 어학연수 경험은 평생 나에게 큰 자산이 되었다. 또한, 회사에 입사할 때도 많은 도움이 되었다.

당시 나는 아르바이트를 하면서 일과 작업 여건이 힘들었지만, 기꺼이 즐거운 마음으로 받아들였다. 당시 나의 목표와 방향이 명확했기 때문이다. 자신이 진정으로 하고 싶은 일이 있거나 목표가 있다면, 그 어떤 어려움과 시련도 극복할 수 있다. 할 수 있다는 생각은 정말 그 일을 할 수 있게 만들어준다. 한번 시도하기가 힘들지, 직접 해보고 나면 생각보다 어렵지 않다는 것을 알게 된다. 마음속으로 간절히 바라고, 상상하면 실제로 이루어진다는 것을 깨달은 참 소중한 경험이었다.

자신이 원하는 삶이란, 결국 자신이 행복해지는 것이다. 자신이 생각하는 인생 목표나 목적이 있고, 그것을 향해 나아가는 삶은 행복한 삶이고, 의미 있는 삶이다. 여기에 추가해, 부와 풍요가 함께 해야 한다. 정신적인 것에 더해 물질적인 것이 뒤따르지 않으면, 반쪽짜리 행복이다. 자신이 진정으로 원하는 삶은 아닐 것이다.

서강대 철학과 명예교수인 최진석 교수는《생각하는 힘 노자 인문학》에서 "이상적인 삶은 저 멀리 있는 곳에 도달하려는 몸부림이 아니라, 바로 여기서부터 출발하는 착실한 발걸음일 뿐입니다. 저 먼 곳에 인위적으로 걸어놓은 기준을 추종하지 말고, 바로 지금 여기에 있는 자기 자신에 집중해야 합니다. 자신의 자발성에 집중하지 않는 사람은 항상 시선이 외부로 향하게 되어 있습니다"라고 말했다. 또한, 자기 자신을 일반명사 속에 함몰되게 방치하지 말고, 고유명사로 존재하라고 조언한다. 즉, 자기 자신에게 집중하고 자기에게 돌아가라는 것이다.

우리는 자신이 가진 장점에 집중할 필요가 있다. 자기 자신의 장점에 집중할수록, 자존감이 높아지고, 긍정적으로 생각할 수 있다. 그리고 누군가 만들어놓은 외부 세계의 기준으로부터, 나의 마음이 흔들리지 않게 할 수 있다.

나에게 없는 것을 찾는 것은 어리석은 일이다. 수많은 나의 장점을 놔두고 없는 단점을 들추어내거나 생각할 필요는 없다. 자기 자신을 스스로 평가 절하하는 일이고, 남들이 그렇게 자신을 평가하도록 유도하는 것이다. 나는 위대한 거인이고, 탁월한 존재라고 생각하자. 아니, 그렇게 생각해야만 한다. 나는 항상 부와 풍요를 누리며 최고의 삶을 살고 있다고 생각하자. 자신만의 내부 기준이 단단히 정립되어 있어야 원하는 삶을 살 수 있다. 그렇지 않으면 평생 행복해질 수 없다.

인생의 답은 독서에 있었다

평범한 직장인들은 자신이 가진 지식과 경험, 노하우, 깨달음이 수입을 창출할 수 있다는 것을 인식하지 못하고 살아간다. 그것이 자신이 가진 최고의 선물이자 기회라는 것을 알지 못한다. 자기 자신의 장점과 무한한 가능성에 집중하지 않기 때문이다. 스스로 자각하면 가장 좋겠지만, 쉽지 않을 수 있다.

독서를 하면서 새로운 꿈과 비전을 향해 문을 두드려야 한다. 책이야말로 여러분을 새로운 세계로 인도해줄 수 있는 최고의 방법이다. 만약 스스로 방법을 찾을 수 없다면, 전문가의 조언을 구하는 것도 좋은 방법이다. '줄탁동시(啐啄同時)'라는 말이 있다. '줄탁동시'는 '병아리가 알에서 깨어나기 위해서는 어미 닭이 밖에서 쪼고 병아리가 안에서 쪼며 서로 도와야 일이 순조롭게 완성된다'는 뜻이다. 여러분을 도와줄 수 있는 많은 사람이 있다는 것을 기억하기 바란다.

책은 내 안의 나를 넘어 더 큰 세상을 보게 한다

　　인간은 배움을 통해서 현재의 나를 넘어 더 높은 단계, 더 큰 세상으로 발전해왔다. 《논어》의 첫 구절은 "子曰 : 學而時習之, 不亦說乎?(학이시습지, 불역열호? : 배우고 익히니 또한 기쁘지 아니한가?)"로 시작한다. 공자는 배움이 어제보다 발전한 나를 만들 수 있다고 생각한 것이다. 배움이 없는 사람에게는 어떤 기회도 주어지지 않는 것은 공자의 시대나 지금이나 변하지 않는 사실이다.

　　學而時習之 不亦說乎(학이시습지 불역열호)
　　배우고 때로 익히니 기쁘지 아니한가?
　　有朋自遠方來 不亦樂乎(유붕자원방래 불역락호)
　　벗이 멀리서 찾아주니 즐겁지 아니한가?

人不知而不慍 不亦君子乎(인부지이불온 불역군자호)

사람이 나를 알아주지 않아도 노여워하지 않으니 군자가 아니겠는가?

《논어, 학이 편》

《인문학 명강-동양고전, 사람에 대한 꿈을 꾸다》에서 신정근 교수는 학이 편 세 번째 구절에 대해서 이렇게 해석했다.

"다른 사람에게 인정을 받는다는 것은 심리적인 자존, 정체를 유지하는 중요한 기제입니다 "연예인은 인기를 먹고 산다"라는 말도 같은 의미겠지요. 그런데 내가 나에 대한 평가를 하는 게 아니라 남이 나를 평가한다는 것은 언제든 내 의지와 무관하게 거둬질 수 있다는 의미를 내포합니다. 어제까지만 해도 영웅이라고 치켜세우다가 내일이 되면 역적이 될 수도 있는 게 남의 평가입니다. 그런데 군자는 그것을 뛰어넘습니다. 주위 사람이 자기를 알아주느냐 알아주지 않느냐에 대해서 일희일비하지 않습니다."

나의 의지와 무관한 남의 평가에 대해 군자는 그것을 뛰어넘는다고 하는데, 군자가 아닌 나와 여러분들은 이것을 초월하기가 쉽지 않은 것 같다. 그러나 우리는 충분히 해낼 수 있다는 것을 믿고 도전해보자.

간혹 남들이 나를 알아주지 않는 것을 받아들이지 못하는 사람들이 있다. 특히, 회사에서 연말 승진자 발표가 있거나 조직 개편이 있을 때 민감하다. 승진하는 동기나 주위 동료가 있는 반면, 자리에서 물러나야 하는 사람들도 있다. 항상 승승장구하고 잘나가면 좋겠지만, 세상 모든 일이 자기 마음대로 되지 않는다.

새로 승진하거나 직책을 맡게 되는 사람은 회사로부터 인정받게 되어 기분이 좋다. 기존 직책에서 물러나는 사람은 회사로부터 버림을 받았다고 생각한다. 자신과 직책, 즉 지켜온 자리를 동일시하거나 '나 아니면 안 돼'라는 생각의 균형점이 맞지 않은 경우다. 또는 회사에 대한 짝사랑이 너무 과해서 그럴 수 있다.

대기업의 직원이나 공무원인 직장인들은 특히 속한 조직에 올인하려는 생각이 강하다. 남들보다 어렵게 합격했기에 소속된 곳의 네임밸류가 곧 자신이라는 착각을 하기 때문이다. 그리고 중소기업에 다니는 사람들만큼 이직을 자주 하지도 않는다. 상대적으로 안정된 직장이라고 생각하기 때문이다. 결국은 정체된 것이다. 하지만 회사라는 울타리를 떠나는 순간, 모든 것은 사라진다. 처음부터 내 것이 아니었기 때문이다.

내가 다니던 회사에는 "나라가 잘되는 것이 내가 잘되는 길이며, 내가 잘되는 것이 나라가 잘되는 길이다"라는 글귀가 있다.

참 멋진 말이라고 생각한다. 내가 하는 일이 대한민국을 위한 일이라는 자부심 말이다. 그러나 회사에 올인하다 보면 자의든, 타의든 공허함이 찾아온다. 그러다 시간이 지나면서 누구도 거스를 수 없는 현실을 마주하게 된다. 회사와 자신의 삶 사이의 균형이 필요한 것이다.

마이크로소프트를 창립한 빌 게이츠 회장은 "오늘의 나를 있게 한 것은 우리 마을 도서관이었다. 하버드 졸업장보다 소중한 것은 독서 습관이다. 인간에게는 한계가 있지만, 그 한계를 뛰어넘는 것은 독서다. 탁월한 삶을 꿈꾼다면 독서하라"라고 강조했다.

독서는 마음의 눈을 뜨게 해준다. 1권, 2권 읽을수록 그다음의 꿈을 생각하게 해준다. 독서는 우리의 정신적인 공허함을 채워주기도 하고, 우리의 내면의식을 성장시켜준다. 혼자서 고민만 할 때는 떠오르지 않았는데, 독서를 하게 됨으로써 좋은 아이디어나 생각이 끊임없이 떠오르게 된다. 결국, 의식 수준이 향상되어 거인이 되어 있는 자신을 발견할 것이다.

내가 모르고 있었던 나의 특별함을 찾아야 한다. 타인에게 도움을 줄 수 있다면, 누구나 특별한 존재다. 하지만 대부분의 사람들은 자신의 무한한 가능성을 알지 못한 채 살아가고 있다.

그리고 조직 시스템 내에서 자신의 역할을 조직이라는 시스템의 일부로만 한정한다. 자신의 역할이 한정되어 있다 보니, 한정된 시각으로 보고, 듣고, 생각하고, 행동한다. 나의 역할이 단지 시스템의 일부가 아니라는 것을 빨리 깨닫는 것이 중요하다.

우리는 모두 평범함을 넘어 특별한 삶을 살 권리가 있다. 당신도 특별한 존재다. 자신만이 가지고 있는 특별함을 잊지 않으면 된다.

인생을 살면서 누구나 삶이 힘들다고 생각할 때가 있다. 아무런 준비도 하지 못했는데 느닷없이 시련과 어려움이 찾아온다. 하지만 나에게만 이런 어려움이 찾아오는 것은 아니다. 혜민 스님은 《멈추면, 비로소 보이는 것들》에서 "삶이라는 투수는 우리가 전혀 예상하지 못하는 커브볼을 우리가 보기에는 아무런 이유 없이 그냥 우리를 향해 가끔씩 던진다"라고 말하며, "이럴 때 절망하지 말고, 내가 혼자가 아니라는 사실을 잊지 말고, 여름 더위가 지나가듯 이것 또한 지나가리라는 생각으로 힘내야 한다"라고 조언한다. 시련과 실패는 성공으로 가는 과정의 일부라고 생각하자. 다시 말해, 성공은 항상 시련과 실패 다음에 온다는 것을 기억하기 바란다.

시련은 신의 시험이다. 시련이 있어도 꿈과 희망만 잃지 않는다면, 우리가 원하는 곳에 닿을 수 있다. 시련은 변형된 축복이고, 위기는 기회임을 꼭 기억하자. 위기 속에서 기회를 찾을 줄 아는 사람이 진정한 성공자다.

　다른 사람 눈치는 그만 보고, 이것저것 고민하지 말자. 여러분들은 그럴 자격이 충분하다. 여러분의 삶의 목적과 목표만 잊지 않으면 성공은 여러분의 것이다.

　리처드 바크(Richard Bach)의 소설 《갈매기의 꿈》에서 주인공 조나단은 단순히 먹이를 먹기 위해 하늘을 나는 여느 갈매기들과 달리 비행 그 자체를 통해 삶의 의미와 꿈을 완성하기를 원했다. 어떻게 하면 비행을 더 잘할 수 있을지 끊임없이 시험하고 새로운 기술들을 익혔다. 갈매기 무리에서 추방이 되어도 그의 신념은 변하지 않았다.

　조나단은 수천 년 동안 갈매기들이 날던 방식을 거부하고, 자신만의 비행기술을 스스로 익히며 한계를 뛰어넘으려 했다. 조나단에게 비행은 단순히 먹이를 먹기 위한 것이 아니라 행복 그 자체였다. 조나단은 완벽한 비행을 하고 싶었고, 그 꿈을 향해 끊임없이 도전했다. 그렇게 마침내 그는 성공했다.

　자신의 꿈이 무엇인지 모르고 사는 것, 또는 꿈이 없이 살아가는 것은 자기 자신에 대해 죄를 짓고 있는 것이라고 생각하라. 다시 말해, 삶의 목표를 상실하고 이상과 어긋난 삶을 사는 것은 죄다. 이제는 자신이 진정으로 원하는 것이 무엇인지 찾고, 그것을 이루기 위해 노력하자.

　과거에 당신이 조연으로 살았다면 현재는 주연으로 살아보자. 그것이 당신이 아름다운 지구별에 온 사명이다. 자기 삶의 의미를 찾지 못하겠다면, 당장 도서관으로 달려가라. 책에서 구하라. 당신도 찾을 수 있다. 당신이 찾는 답은 책 속에 있다.

파랑새는
책 속에 있다

여러분들의 파랑새는 어디에 있는지 생각해본 적이 있는가? 때로는, 삶이 정말 힘들고 지칠 때가 있다. 어디로 가야 할지 알 수 없거나 누군가의 도움이 절실하게 필요할 때가 있다. 모든 것을 포기하고 싶을 때도 있다. 언제나 파랑새를 찾아다니지만 우리는 파랑새를 찾을 수 없다고 생각한다.

이럴 때 우리는 어떻게 해야 할까? 그냥 주저앉아 포기하는 사람도 있고, 절박한 심정으로 해결책을 구하려고 애쓰는 사람도 있을 것이다. 그렇다면, 우리가 찾는 파랑새는 어디에 있는 것일까?

한 번쯤은 모리스 마테를링크(Maurice Maeterlinck)의 작품 《파랑새》 이야기를 들어본 적이 있을 것이다. 《파랑새》는 1909

년에 출간된 이래 수많은 언어로 번역되었으며, 연극, 영화, 뮤지컬, 애니메이션 등으로 만들어졌다. 잠시 줄거리를 살펴보면 다음과 같다.

초라한 오두막집에 살던 틸틸과 미틸에게 어느 날 밤 요술쟁이 할머니가 찾아온다. 할머니는 자신의 아픈 딸을 위해 틸틸과 미틸에게 파랑새를 찾아달라고 부탁한다. 틸틸과 미틸은 여러 요정들과 개와 고양이와 함께 파랑새를 찾아 긴 여행을 시작한다. '추억의 나라', '밤의 궁전', '미래의 나라' 등 아이들과 요정들은 동화 속에서나 보던 환상적인 세상을 차례로 찾아간다. 이미 세상을 떠난 할아버지, 할머니 등을 만나 즐거운 시간을 보내기도 한다.

틸틸과 미틸은 새로운 장소에 갈 때마다 우여곡절 끝에 파랑새를 발견한다. 하지만 그곳을 떠날 때마다 파랑새는 죽어 있거나, 색깔이 변하거나, 날아가버린다. 틸틸과 미틸은 결국 파랑새를 얻지 못한 채 집으로 돌아온다. 그렇게 틸틸과 미틸은 그토록 찾아 헤매던 파랑새를 자기 집 새장에서 발견하게 된다.

틸틸과 미틸이 찾는 파랑새는 '행복'을 의미한다. 행복을 찾아 먼 곳을 찾아다니지만, 결국 행복은 언제나 우리 가까이에 있다는 것을 깨닫게 된다. 시련이 있어도 꿈과 희망만 잃지 않는다

인생의 답은 독서에 있었다

면, 우리가 원하는 곳에 닿을 수 있다. 큰 생각과 큰 행동으로 성공과 행복, 부와 풍요를 모두 가질 수 있는 삶을 살 수 있다. 시련은 변형된 축복이고, 위기는 기회라고 긍정적으로 생각하자.

꿈, 즉 욕망은 우리의 생각을 긍정적으로 변화시키고, 행복하게 만든다. 행복은 자기 자신을 사랑함으로써 시작된다. 행복이 발산하는 긍정의 에너지가 커질수록 자신의 마음(생각)과 의지에 따라 진짜 자신이 원하는 인생을 살아갈 수 있다. 우리의 마음을 행복과 긍정을 향해 열어두지 않고서는 자신을 위해 즐겁고 행복한 춤을 출 수 없다.

꿈은 자신이 평소에 하는 간절한 생각이 모여 현실로 나타난다. 꿈이 없는 채로 살지 말자. 독서는 잊어버리고 있던 여러분들의 꿈을 찾아줄 것이다. 당장 책을 읽어보자.

'한책협' 김태광 대표와 위닝북스 권동희 대표는 《부와 행운을 끌어당기는 우주의 법칙》에서 "없는 것보다 있는 것에 집중하는 삶이 현실을 바꾸어놓는다"라고 말한다. 또한, "내가 행복하면 주변이 행복해진다. 행복은 생각보다 가까이에 있다는 것을 알게 된다. 우리 생각과 에너지가 바뀌면 주변에 긍정적인 에너지가 퍼져나가기 때문"이라고 이야기하며, 당신의 에너지를 바꾸라고 조언한다. 우리 자신과 우리의 삶 자체를 긍정하는 연습을 해보자. 그리고 세상의 모든 운을 끌어당기는 사람이 되어보기 바란다. 행복하기 위해서는 우리가 현재 가지고 있는 것에 집중해야 한다. 행복을 외부에서 찾다 보면 끊임없이 내가 가지고 있지 않은 것, 나의 부족한 것, 나의 결점만 더 크게 느끼게 된다. 다른 사람들과 비교하면서 느끼는 상대적 박탈감은 우리의 생각과 내면의식을 한없이 초라하게 만든다. 자기 자신만 불행해질 뿐이다.

우리가 현재 가진 것에 집중하면 행복해지고, 행복해지면 긍정 에너지가 나온다. 긍정 에너지가 당신 주위를 감싸면 좋은 운도 함께한다. 이런 선순환이 항상 당신과 함께한다. 우리가 찾는 행복 또한 멀리 있지 않다. 책에는 언제나 우리의 생각과 내면의식을 풍요롭게 해주는 글귀나 깨달음이 가득하다.

책은 이런 보물 같은 선물을 주려고 항상 우리 주위에서 우리를 기다리고 있다. 책은 우리가 가장 쉽게 찾을 수 있는 곳에서 기다리고 있다. 당신이 찾는 행복은 책 속에 있다. 작은 관심만 가지면 된다. 전혀 어렵지 않다.

책은 우리에게 꿈과 희망을 준다. 책은 자기 자신이 알지 못하고 있거나, 무심코 지나쳤던 것들을 알아볼 수 있게 해준다. 한마디로, 우리들의 눈을 뜨게 해준다. 우리가 그렇게 찾고자 했던 것들을 아낌없이 보여준다. 이런 일은 책이 아니면 할 수 없는 것들이다.

인생의 답은 독서에 있었다

꿈과 희망이 있는 사람은 행복한 사람이다. 꿈과 희망은 우리가 가야 할 방향을 정확히 알려주는 북극성과 같은 것이다. 꿈이 있는 사람은 절대 쓰러지지 않는다. 돌부리에 걸려 넘어지더라도 다시 일어서게 하는 열망이 마음속에 가득 차 있기 때문이다. 성공이 가까이 있다는 것을 알기에 그 어떤 어려움도 이겨낸다. 결국, 자신이 원하던 성공과 행복을 찾는다.

책은 우리가 일상의 소소한 행복을 발견할 수 있게 해준다. 우리는 어떤 사물에 관해 관심을 가지고 그것에 대해 알고 있을 때, 그 대상을 더 잘 볼 수 있다. 미리 공부하든, 책을 통하든 우리가 그 대상을 알고 보는 것과 알지 못한 상태에서 보는 것은 하늘과 땅 차이다. 우리가 이해하고 느끼고 받아들이는 정도도 달라진다. 아름다운 것이 눈앞에 있음에도 그것을 제대로 알아보지 못한다는 것은 정말 슬픈 일이다.

나태주 시인의 시집《오래 보아야 예쁘다 너도 그렇다》'풀꽃 1'의 시 구절에서 "자세히 보아야 예쁘다. 오래 보아야 사랑스럽다. 너도 그렇다"라고 했다. 너무나도 유명해서 다들 한 번쯤은 들어봤을 것이다.
어떤 대상에 관해 관심이 없으면 우리는 그 대상을 자세히 볼 수 없다. 그리고 오래 볼 수도 없다. 그 대상에 대해서 알기 위해서는 먼저 관심을 가져야 한다. 관심이 있어야 그것에 대해 궁금해지고 사랑할 수 있다. 관심이 있어야 그것의 가치를 알 수 있다. 결국, 우리는 '들여다보기'를 통해서 그 대상을 온전히 받아들일 수 있다.

그렇다면, 우리의 오감을 예민하게 만들 방법은 무엇일까? 그것은 책을 읽거나 강의를 통해 배우는 것이다. 그중에서도 책은 상대적으로 시간과 공간적 제약에 자유롭다. 그냥 도서관에 달려가거나 관심 있는 책을 구입해서 읽어보기만 하면 된다. 오감이 예민해질수록 우리는 점점 더 행복해진다. 일상에서 우리가 놓치고 있던 것들을 새롭게 깨닫게 되고, 그것의 진짜 가치를 알게 된다. 우리의 삶은 그전과 달리 더욱 여유로워지고 풍요로워진다. 이것이 행복인 것이다.

여러분들의 삶은 정말 소중한 선물이다. 아직 늦지 않았다. 여러분들이 꿈꾸어왔던 삶을 살기를 바란다. 그것이 여러분들이 행복해지는 가장 빠른 부와 풍요, 행복의 추월차선임을 명심하자. 나는 확신한다. 여러분들은 분명히 할 수 있다. 여러분들이 원하던 최고의 결과를 만들어낼 것이다.

인생의 답은 독서에 있었다

사람은 책을 만들고
책은 사람을 만든다

　　　　　서울 광화문 교보문고에 설치되어 있는 석조물에는 "사람은 책을 만들고 책은 사람을 만든다"라는 글귀가 새겨져 있다. 교보생명 창립자 신용호 회장은 천일 독서를 하던 시절 다양하고 광범위한 독서 경험을 했다. 신용호 회장은 '인생 최고의 스승은 책이며, 책이 사람을 만든다'라는 진리를 깨달았다고 한다.

　1980년 교보문고 설립 당시, 허가 관청과 주위의 반대에도 불구하고 교보생명 지하에 교보문고를 세웠다. 1980년에 설립된 교보문고가 현재까지 서울의 한가운데에 굳건히 자리 잡을 수 있었던 데는 독서를 통한 이러한 깨달음과 신념 덕분이다.

　신용호 회장은 자신을 키운 것은 독서와 여행이라고 말했다. 그는 독서를 하면서 더 큰 세상과 희망을 보고 앞으로 자신의 인생의 방향도 확실하게 잡을 수 있었다. '교육보험'이라는 새로운 시장을 개척하기도 했다. 위기를 절망이 아니라 기회로 볼 줄 아는 안목도 갖게 되었다.

여러분들이 지금까지와 다른 삶을 살기를 간절히 바란다면, 현재의 생각과 행동을 성공자의 그것으로 바꾸어야 한다. 바꾸겠다는 간절함이 없다면, 아직 그 사람은 부자, 성공자가 되기 위한 준비가 되지 않은 것이다. 어떻게 바꾸어야 하는지 모르겠다면, 우선 독서로 긍정적인 마인드를 갖는 것이 중요하다.

생각만으로는 변화를 만들 수 없다. 자신을 변화시키기 위해서는 그 변화가 자신에게 체득될 때까지 목적과 의도를 가지고 그것을 행동으로 실천해야 한다. 한두 번 실행했다고 해서 자신의 것이 되지는 않는다. 배움도 마찬가지다. 배움을 자신의 것으로 만들려면, 일정한 시간과 노력이 필요하다. 그것이 자연스러워질 때까지 실천해야 한다. 배움이 자연스러워지고 그 배움을 생활에 적용할 때 지혜가 발휘된다.

독서도 마찬가지다. 독서도 습관이 중요하다. 삶의 우선순위에 독서가 있어야 한다. 독서가 삶의 우선순위가 되면, 모든 것을 독서 중심으로 생각하게 된다. 독서가 습관이 되는 것이다. 독서를 하게 되면 삶에서 변화는 일시적인 것이 아닌 지속적인 것이 된다. 지속적인 변화는 결국 여러분이 지금보다 더 나은 삶을 살게 해준다. 자신이 바라는 더 나은 인생이 만들어지는 것이다.

"우물쭈물하다가 내 이럴 줄 알았지!"

이 글귀는 1925년 노벨 문학상을 수상하며 94세까지 장수한 아일랜드 출신의 세계적인 극작가 조지 버나드 쇼(George Bernard Shaw)의 묘비명이다. 그는 1856년 아일랜드 더블린에서 태어났다. 어린 시절 그는 정말 용기 없고, 내성적이며, 우물쭈물 쭈뼛쭈뼛하는 그저 평범한 아이였다. 그는 너무나도 내성적이어서 사람들에서 자기의 생각을 제대로 말하지 못했다.

이런 성격 때문에 그는 타인과 경쟁하는 것을 굉장히 싫어했다. 남들과의 경쟁에 대해 이야기한 "나는 선천적으로 경쟁에 약하다. 칭찬이나 표창도 받고 싶지도 않다. 따라서 경쟁 따위에는 아무 관심이 없다. 만일 내가 이긴다고 해도 내 기쁨보다 상대의 실망하는 모습이 내 마음을 더 아프게 할 것이다. 반대로 내가 진다면 나의 자존심이 상할 것이다"라는 문장에서 그가 얼마나 경쟁을 혐오했는지 알 수 있다.

그는 학교 교육을 제대로 받지 못했다. 학교에 제대로 적응하지 못해 15살 나이에 학업을 포기했다. 이후, 그는 독학을 하며, 독서와 글쓰기를 꾸준히 했다. 20대 때, 그는 비록 자신의 삶이 힘들고 궁핍하더라도 작가라는 꿈을 위해 폭넓게 독서하고 소설을 썼다. 낮에는 대영박물관과 도서관에서 책을 읽고 글을 썼고, 저녁에는 런던의 지식인들과 예술인들의 모임에 나가 강연을 듣고 토론에 참여하곤 했다. 그는 작가가 되기 위해 오랜 시간 글을 쓰며 부단히 수련했다.

30대까지도 그는 실패만 했지만, 그동안의 시련과 좌절, 그리고 빈곤은 그에게 변형된 축복이었다. 그의 독서와 글쓰기는 다양한 인생 경험과 결합해 40대가 되어서 비로소 빛을 발하기 시작했다. 이후 그는 자신이 가진 언변과 유머, 인간과 사회의 본질을 꿰뚫는 자신만의 통찰력으로 희극작가로서 남다른 재능을 발휘했다.

그는 자신이 절대 비범한 사람이 아니며, 자신의 비범한 작품들은 25년 동안 매일 꾸준히 노력한 습작의 결과물이라고 한다. 그는 학교 교육을 제대로 받지 못했지만, 독학을 하며 20세기 최고의 극작가가 되었다. 그는 독서와 글쓰기를 게을리하지 않고, 작가가 되기 위해 끊임없는 노력을 했다. 그는 젊어서 수없이 많은 실패와 시행착오를 겪으며 성공을 향해 나아갔다.

만약 그가 학교 중퇴 후 독서와 글쓰기를 하지 않았다면, 그는 노벨 문학상을 받거나 20세기 최고의 극작가가 되지 못했을 것이다. 그가 자신의 삶이 힘들어도 꿈과 희망을 포기하지 않은 것도 결국은 그의 폭넓은 독서에 있다고 할 수 있다. 독서를 하면 할수록 사고가 확장되고 유연해진다. 독서를 한 만큼 세상을 넓게, 그리고 멀리까지 볼 수 있다. 독서는 내면의식을 성장시켜주며, 외부의 충격이나 유혹에도 쉽게 흔들리지 않는 멘탈을 유지할 수 있게 해준다.

진짜 가난한 사람은 정신적으로 빈곤한 사람이라고 한다. 독서를 하지 않으면, 내면은 공허해진다. 마음이 빈곤해지는 것이다. 자신의 주체적인 생각이 없는 것이다. 스스로 자기 자신의 소중한 인생의 주인이 되어 살지 못하고 껍데기의 삶을 살 수밖에 없다. 늦은 때란 없다. 하루라도 빨리 시작하는 것이 남은 소중한 삶을 제대로 살 수 있는 길이다.

여러분들은 자신이 어제의 인간으로 오늘을 살고 있지는 않은지 지금 당장 생각해보기 바란다. 어제와 똑같은 모습으로 오늘을 살고, 내일을 살고 있는지 자기 점검을 해보라는 말이다. 만약 자기 자신이 어제의 인간으로 오늘을 살고 있다면, 스스로를 한번 되돌아볼 필요가 있다.

구본형 작가는《익숙한 것과의 결별》에서 왜 어제보다 성장하고 발전한 나를 만들어야 하는지에 대해 말하고 있다.

"삶에는 어떤 흥분이 있어야 한다. 일상은 그저 지루한 일이나 노력의 연속만이어서는 안 된다. 어제 했던 일을 하며 평생을 살 수 없는 것이 바로 격랑과 같이 사나운 지금이다. 부지런함은 미덕이지만 무엇을 위한 부지런함인지가 더욱 중요하다. 그저 바쁜 사람은 위험에 처한 사람이다."

자신의 삶에 흥분이 없거나 타오르는 욕망이 없다면 당신은 지금 매우 위험한 상황이다. 마치, 망망대해에 방향키 없이 해류에 떠밀려 다니는 배와 같은 신세다. 목표 없이 인생의 바다 위에 아무렇게나 떠 있는 것과 같다. 자신의 삶을 스스로 컨트롤하지 못하고 있는 것이다.

우리는 지금 하고 있는 일에 항상 '왜?'라는 질문을 끊임없이 던져야 한다. 그 일을 하는 이유를 알아야 수준 높은 결과를 만들어낼 수 있다. 그리고 그 일이 정말 자신의 가슴을 뛰게 하는 일인지도 자문해보라.

독서는 자기 자신을 뛰어넘을 수 있도록 도와준다. 책은 우리의 생각과 행동을 바꾸어준다. 책에서 저자의 경험담이나 깨달음을 자신의 상황에 적용해보고, 발전시킬 수 있다. 이 과정에서 자기 자신이 어제보다 더 나아졌다는 것을 알게 된다. 이것이 바로 책이 사람을 만드는 것이다.

인생의 답은 독서에 있었다

부자가 되고 싶다면
먼저 독서하는 사람이 되어라

자수성가한 부자 중에 책을 읽지 않고 부자가 된 사람은 없다. 성공한 부자가 되어도 항상 책을 가까이한다. 거대한 부를 쌓은 사람들은 돈을 벌기 전에 먼저 꿈을 꾸고, 소망하며, 계획을 세웠다. 독서는 우리들의 상상력을 자극하고, 우리가 상상하는 모든 것을 창조할 수 있게 해준다. 또한, 시행착오를 줄여 실패 확률은 줄이고 성공 확률을 높여준다.

대다수의 사람은 부자가 되고 싶어 한다. 부자가 되고 싶으면, 부자들이 하는 방법을 따라 하면 된다. 비록 부자들만큼의 부는 아니더라도 그와 비슷한 부를 이룰 수 있을 것이다. 부자가 되고자 한다면 먼저 부자의 마인드를 가져야 한다. 부자의 마인드가 없는데, 어느 누가 자신을 부자로 만들어줄 것인가. 성공과

부는 부자 마인드를 가진 사람에게만 주어진다. 자신의 성공을 확신을 가지고 믿어보자.

알리바바의 창업자 마윈(馬雲)은 "성공하는 사람들은 믿기 때문에 그 성공이 보인다. 일반 사람들은 보이기 때문에 믿는다. 실패하는 사람들은 보고도 믿지 않는다"라고 했다. 우리의 선택은 당연히 첫 번째일 것이다

돈을 모르면 돈의 노예가 된다고 한다. 우리가 삶을 살아가기 위해서는 돈이 필요하다. 그리고 제대로 일할 수 없는 노후에는 더 절실하게 필요한 것이 돈이다. 하지만 돈에 대해 잘 모른다면, 우리는 평생 돈에 끌려다녀야 한다. 하고 싶은 일이 있어도 하지 못하고, 은퇴하고 쉬어야 할 시기에도 돈을 벌기 위해 계속 일을 해야 한다. 이것은 너무 비참한 일이다.

자신이 좋아하는 일을 해야 성공하는 것처럼 돈을 좋아해야 부자가 될 수 있다. 부자의 출발점은 우리의 생각을 바꾸는 것에서 시작한다.

현재 우리는 스트리트 스마트(Street Smart) 시대에 살고 있다. 여기서 말하는 스트리트 스마트는 완벽하지는 않더라도 자신의 생각이나 아이디어, 기술, 경험, 깨달음, 해결책 등을 활용해 상품이나 교육 프로그램을 만들어서 수입을 만드는 것이다. 사회에 부가가치를 제공할 수 있는 무언가를 만든다면, 여러분

들은 부자가 될 수 있다. 만약, 여러분들이 스트리트 스마트가 되고자 한다면, 반드시 자신의 이름으로 된 책이 필요하다. 사람들은 출신학교나 직함과 같은 스펙보다 여러분들의 저서를 보고 전문가로 인정한다. 부가가치를 제공해서 수입을 올리는 스트리트 스마트는 누구나 될 수 있다.

과거 산업화 시대에는 하드웨어를 생산해서 돈과 교환을 했다면, 지금 우리가 사는 21세기는 지식이 돈이 되는 세상이다. 그 쓰임새를 먼저 인식하고 가치를 아는 사람에게는 다이아몬드로 보일 것이고, 그렇지 않으면 그것은 아무 쓸모가 없는 것으로 인식될 것이다. 그 쓸모를 발견하고, 인간의 삶에 큰 영향을 줄 수 있도록 제품화하는 것이 창의와 혁신이다. 부와 풍요는 항상 쓸모를 알아보는 자의 몫이다.

우리가 사는 21세기는 부를 창출할 수 있는 길이 많다. 이제까지 우리는 부를 창출할 방법을 모르고 있었던 것이다. 당신의 무의식에 내재된 '부의 청사진'이 성공 쪽으로 세팅되지 않으면 무엇을 배우든, 얼마나 많이 알든, 무슨 일을 하든지 달라지는 것은 없다.

내가 지금 하고 있는 생각과 행동, 말투를 제삼자의 관점에서 확인해보자. 그리고 항상 긍정적이고, 기분 좋은 말을 의식적으로 해보자. 이것은 남들에게도 듣기 좋은 말이지만, 그보다 나를 성장시키기 위한 것이라는 것을 명심하자.

　부자가 되려면 부의 추월차선에 올라타야 한다. 부자의 마인드를 갖추고, 부자들의 행동을 그대로 따라 해보자. 이른바, 부자 벤치마킹이다. 벤치마킹은 후발 기업이 선도 기업을 따라가기 위해 취하는 가장 효과적인 추격 전략이다. 여러분들은 자기 스스로가 대단한 사람이 아니라고 생각하며 살아왔기 때문에 현재와 같은 인생을 사는 것이다. 나 스스로를 사랑하고 내 삶을 긍정해보자. 그리고 행동으로 옮겨보자.

　긍정적인 사고가 중요하다. 지금부터 모든 일에 절대 긍정을 해보자. 긍정적인 생각을 해야 행복해질 수 있다.

　성공은 시도하는 자의 것이다. 시도해서 잃을 게 없고 성공할 경우, 큰 이득을 얻을 수 있다면 무슨 수를 써서라도 시도하라. 지금 당장 하라. 한 살이라도 젊을 때 하라. 진정한 성공, 부와 풍요가 무엇인지를 하루라도 빨리 깨닫는 것이 중요하다. 깨달음은 알이 새가 되기 위해서 반드시 거쳐야 하는 과정, 즉 스스로 껍질을 깨는 행동이다. 스스로의 깨달음이 없으면 행동은 일어나지 않는다. 옆에서 아무리 조언을 해줘도 그 이야기는 나와 상관없는 이야기가 되고 만다.

　나폴레온 힐은 《생각하라! 그러면 부자가 되리라》에서 잠재의식의 문을 여는 방법에 대해 이야기한다. "잠재의식은 우리가 노력을 하든지, 안 하든지 상관없이 자동으로 기능한다는 것을 기억하라"고 하면서 "두려움과 가난에 관한 생각, 그리고 모든 부정적인 생각들을 버리고 창조적이며 건설적인 암시를 줘야 잠재의식도 건설적인 정보를 계속 저장한다"라고 말한다. 따라서 우리가 모르는 사이에 잠재의식에 도달하는 모든 종류의 생각과 욕구가 매일 살아 움직인다고 기억한다면 그것만으로도 충분하다.

또한, "우리에게 흘러 들어오는 모든 부정적인 정보를 차단하고, 야망의 긍정적인 정보를 잠재의식에 심어주기 위해 노력하라"고 말한다. 이것이 가능해지면 이제 잠재의식의 문을 여는 열쇠를 손에 쥐게 되기 때문이다. 게다가 잠재의식의 문을 완전히 통제할 수 있게 되어, 바람직하지 않은 생각이 잠재의식에 영향을 주지 않게 할 수 있다.

우리의 잠재의식, 즉 내면의식은 우리가 평소에 자주 하는 생각, 말의 영향을 받는다. 자신의 평소 생각과 말이 자신의 잠재의식 속에 계속 쌓이는 것이다. 부정적인 말과 행동을 하면 잠재의식은 부정적인 것을 끌어당기고, 긍정적인 말과 행동을 하면 잠재의식은 긍정적인 것을 끌어당긴다.

돈은 에너지다. 에너지는 힘이다. 돈은 자신을 좋아하는 사람에게 흘러간다. 돈은 자석과 같아서, 돈에 대해 부정적인 생각을 하는 사람에게는 흘러 들어가지도 않고, 머물러 있지도 않는다. 돈에 대한 부정적인 생각을 긍정적인 생각으로 바꿔야 한다. 부자의 마인드만 가지고 있다면, 누구나 부자가 될 수 있다.

대부분의 직장인은 자신의 자유와 월급을 교환하는 것을 당연하게 받아들인다. 옆에서 아무리 이야기해줘도 그것을 깨닫고 행동으로 옮기는 사람은 소수다. 그러나 현재의 삶이 최선이 아니라는 것을 시간이 지나면 알게 된다. 나 자신도 그것을 깨닫기까지 많은 시간이 걸렸다.

책 쓰기는 자신의 운명을 가장 쉽고 빠르게 바꿀 방법이다. 자신의 책으로 파생되는 많은 일이 실제로 일어난다. 자신의 경험과 노하우, 깨달음이 콘텐츠가 된다. 아무리 바쁘더라도 책부터 써보자. 자신의 평범한 삶을 비범한 삶으로 바꿀 수 있는 가장 효과적인 방법이다.

자신의 이름으로 나온 책이 있어야 다양한 수입의 파이프라인을 구축할 수 있다. 책이라는 콘텐츠가 있어야 확장이 가능한 것이다. 또한, 책이 없다면 누구도 인정해주지 않고 주목해주지도 않는다. 이것이 인지상정(人之常情)이다. 입장을 바꿔놓고 생각해도 당연한 일이다. 책 쓰기가 기본이다.

성공으로 가는 핵심 방법은 세상을 긍정으로 바라보는 '의식 성장', 그리고 '부자의 사고방식'을 가지고 꿈을 향해 나아가는 '행동력'이다. 진정한 자유인은 경제적 자유와 시간적 자유, 둘 다를 가진 사람이라 하겠다. 여러분들의 무의식에 내재된 '경제 청사진'을 성공 쪽으로 '세팅'하고, 부자처럼 생각하며, 부자처럼 행동하라. 여러분들은 자신이 진정으로 바라는 것만 상상하기 바란다. 그러면 여러분이 진정으로 바라는 부자가 될 것이다.

인생의 답은 독서에 있었다

제1판 1쇄 2023년 7월 7일
제1판 2쇄 2023년 8월 9일

지은이 Henrik Kim(헨릭 김)
펴낸이 최경선 **펴낸곳** 매경출판㈜
기획제작 ㈜두드림미디어
책임편집 최윤경, 배성분 **디자인** 디자인 뜰채 apexmino@hanmail.net
마케팅 김성현, 한동우, 구민지

매경출판㈜
등 록 2003년 4월 24일(No. 2-3759)
주 소 (04557) 서울시 중구 충무로 2(필동 1가) 매일경제 별관 2층 매경출판㈜
홈페이지 www.mkbook.co.kr
전 화 02)333-3577
이메일 dodreamedia@naver.com(원고 투고 및 출판 관련 문의)
인쇄·제본 ㈜M-print 031)8071-0961
ISBN 979-11-6484-575-0 (03810)